Author
海翔
Illustration
あるみっく
『ピシッ、ピシッ』
やばい。なんかやばいがどうしていいかわからない。
あたふたしている間に
予想通りと言うか、
最悪の出来事が起きてしまった。
「う
あ?!」
JN035094
モブから始まる
探索英雄譚 5
The story of an exploration hero who has worked his way up from common people

席に座ってから俺と春香は予定通り
オレンジピールのブラマンジェを頼み
飲み物は、俺がカフェラテ
そして春香がダージリンティーを頼んだ。
前回頼んだコーヒーは俺には大人の味すぎて
正直美味しいかどうかよくわからなかったので、
今日は少しハードルを下げてカフェラテにしてみた。
だけどカフェオレとカフェラテの違いがよくわかってない。
友人のアシストを口実にダブルデート!

とにかく真司何か喋れ！
俺ばっかり喋ってるぞ！

モブから始まる探索英雄譚5

海翔

HJ文庫
1033

口絵・本文イラスト　あるみっく

5 The story of an exploration hero who has worked his way up from common people

CONTENTS

第一章 初めての遠征

俺《おれ》は今電車に乗っている。

朝七時に真司《しんじ》、隼人《はやと》と駅で待ち合わせをしてから三人で遠征先のダンジョンに向かっているが、まずはギルドに向かう。

一旦《いったん》、ダンジョンの近くにある探索《たんさく》者ギルドで今回の参加者全員で集合することになっているのだ。

「海斗《かいと》、本当にフル装備で来たんだな」

「それはそうだろう。装備無しってわけにはいかないだろ」

「しかもその大きなトランクは何？　二泊《はく》三日だぞ。海外にでも行くつもりか？」

「いやいや、このぐらいは必要だろ。カップラーメンとかトランプとか装備とか」

「俺達《たち》も装備は送ったけど、俺たち二人分よりも多いぞ。女の子でもそこまでじゃないんじゃ」

「お前ら、遠征イベントを舐《な》めてるな。備えあれば憂《うれ》い無しだよ」

「海斗、その量は流石《さすが》に備えすぎてるぞ」

「まあ、大は小を兼《か》ねるっていうから。それにしても楽しみだな。今回は何人ぐらい参加するんだろう。二人共イベント参加は初めてだろ」

「ああ。初めてだから緊張《きんちょう》してるんだよ。変な人とかに絡《から》まれたりしたらどうしようかって真司とも話してたんだ」

「イベントだと一応登録制だから、やばい人は少ないんじゃないかな」

「そうだといいなぁ。申《もう》し込《こ》んだ時は出逢《であ》いに期待してたんだけど、だんだん不安になってきたよ。俺達が出逢いに期待してるって事は、他にも期待してるパーティがいっぱいいるだろうからな。よくよく考えたら結構難易度高いと思って」

「いや、何の難易度だよ。多分他のパーティのイベント参加は出逢いを求めてじゃないと思うけど。そもそも男女ペアのパーティとかもいるだろうしな」

「くっ。リア充かっ」

「何だよそれ」

「海斗、お前変わったな」

「いやいや、別に何も変わってないだろ」

「お前には春香《はるか》ちゃんもいるしな。パーティメンバーも可愛《かわい》い子ばっかりだし。しかもサーバントまで超可愛いしな。お前が一番リア充じゃないか～！」

「いやそんなんじゃないって。春香とは残念ながら何も進展はないし、メンバーはそんなんじゃないし、サーバントなんか幼女だぞ」

「以前のお前なら絶対俺たちと同じ反応をしたはずだ。ダンジョンに男女ペアで潜《もぐ》ってるのを見たら、絶対に呪《のろ》いの言葉を吐《は》いていたはずだぞ。それが今はどうだ。仏様か菩《ぼ》薩《さつ》様にでもなったかのような穏《おだ》やかな表情。それこそ勝者の表情じゃないか。俺もあやかりたい。もしかしたら海斗と一緒《いっしょ》にいると恩恵《おんけい》があるかもしれない。海斗様～」

「海斗様ってやめてくれよ。それに恩恵って……俺そんな凄《すご》い存在じゃないぞ。それよりせっかくトランプ持ってきたんだから、ギルドに着くまで遊ぼうぜ」

「わかった。リア充とモブゲームをするか」

「俺そんなゲーム知らないんだけど」

「大富豪《だいふごう》のことだよ。大富豪イコールリア充だろ。それ以外はモブなんだよ」

「まあ間違《まちが》っては無いかもな。じゃあそれやるか」

それから電車が目的地に着くまでの一時間俺たちはリア充とモブゲームに勤《いそ》しんだが、普段《ふだん》特にトランプゲームに強いわけでは無い俺だが、何故《なぜ》かこの日は、ほとんどひとり勝ちしてしまった。

「くっ。リアルのリア充はトランプまでリア充なのかっ。世の中何て不公平なんだ。俺達もこの遠征で絶対にリア充になるぞっ！」

俺が変な風に勝ちまくったものだから、真司と隼人の心におかしな火がついてしまったようだ。

俺は全く悪く無いが、少しだけ責任を感じてしまうので、機会が有ればしっかりサポートさせてもらおうと心に誓《ちか》った。

電車が目的の駅まで着いたら今度はバスでの移動となったが、考えていたよりも距離《きょり》があって三十分以上揺《ゆ》られることとなった。

そこからは徒歩で十五分ぐらいで、ようやく目的地まで到着《とうちゃく》した。

「他のギルドに来るのは初めてだけど、見た感じいつものギルドとほとんど変わらないな」

今の時間は九時十分。待ち合わせの時間まであと五十分あるので中で待つ事にした。

入ってみると内部の作りもいつものギルドと大差無いが、当然日番谷《ひつがや》さんをはじめとするいつものスタッフはいない。

中に入ってから、イベント参加者である事を伝えて、真司と隼人は事前に送っていた装備を受け取って備えることにする。

「おい、お前らそれ何？」

「いや何ってなあ」

「うん、ただのマントだけどな」

「先週までそんなの装備してなかったよな」

「先週海斗と一緒に潜って、やっぱり形から入るのも大事かなと思って二人で買い揃《そろ》えたんだ」

「海斗が黒だったから、一応かぶらないように俺らは茶色と灰色にしといたから」

「しといたからって……」

「流石に鎧《よろい》は無理だったからマントだけな」

「これで三人お揃いだな」

「お揃いって、これってどうなんだ」

黒、茶、灰色のマントを着た十七歳《さい》の男子探索者が三名。

客観的に見て、普通《ふつう》におかしい。俺も普段使用しているので強くは言えないが、三人集まると流石に厨二感が強すぎないか？

とはいっても、ここまで来て今更《いまさら》どうしようもないので、今回の探索はこれで通すしかない。

集合時間の十時まで待っていると徐々《じょじょ》に今回のメンバーが集まってきた。

今回の参加パーティは俺達を含《ふく》めて全部で六組の二十五名だった。

年齢《ねんれい》を見る限り、俺達は若い部類に入っているような気がするが、思った通り男性比率が高く、二十五名中二十名が男性だった。

そして女性五名も女性だけのパーティは無く全員が男性メンバーと一緒だった。

「終わった……」

「儚《はかな》い夢だった……」

真司と隼人があからさまに落胆《らくたん》しているのが見て取れる。スタート前から燃《も》え尽《つ》きてしまっているようだ。

「まあ、探索頑張《たんさくがんば》ろうな」

「ああ」

「うん」

これから探索だというのにあからさまにテンションが下がった二人をよそにギルドのお姉さんが説明を始めてくれた。

「それでは今回お集まりの皆様《みなさま》にご説明させていただきます。今回の遠征では皆様にマップをお渡《わた》しさせて頂きます。皆様が普段《ふだん》探索されているダンジョンとは異なった造りとなっておりますので、マップにしたがって無理のない範囲《はんい》で探索をお願いします」

「おぃっ真司、あの人可愛くないか？」

「ああ良い感じだよな、隼人。今日から毎日会えるよな。ワンチャンあるんじゃないか」

「楽しみだな」

「ああ頑張ろうな」

　この二人は一体何を頑張るんだ。さっきまであれだけ落ち込んでいたのに、あからさまにテンションが急上昇《きゅうじょうしょう》した。現金なものだ。

　一通りの説明を受けたので早速《さっそく》ダンジョンに潜る事にするが入り口までは係の人に誘導《ゆうどう》されて二十五名全員で向かう事となった。

「あのうしろ姿いいよな」

「ああ、やばいな」

「こういうのを絶景っていうのかな」

「来てよかったな～」

　三人でワクワクしながらダンジョンに足を踏《ふ》み入れたが、いつもとは違《ちが》う風景がそこに広がっていた。ただ俺以外の二人は違う風景にくぎ付けになっていたようだ。

　このダンジョンは驚《おどろ》くことに二層しか無い。いつものダンジョンは下に階層が広がっているが、このダンジョンは横に広がっている。

ワンフロアがエリアによって階層分けされているらしい。

今回は入り口に近いエリアを探索する事となるが、マップでしっかりと階層分けを確認《かくにん》しながら進む事にする。

道中も初見のモンスターが出現する可能性が高いので、ダンジョンに入ると同時にサーバントを召喚《しょうかん》しておく。

「みんな、初めてのダンジョンだから頼《たの》んだぞ」

「シルフィーさん、ルシェリアさんよろしくお願いします」

「俺達も頑張るんで一緒にお願いします」

「ここは明るいですね。最近暗いところが多かったので新鮮《しんせん》です」

「なんか、ダンジョンぽく無いな。なんか広いし壁《かべ》もいつもより少ないぞ」

「マイロード、私も精一杯頑張《せいいっぱいがんば》ります」

せっかくの新たなダンジョンなので時間がもったいない。すぐに全員で探索を開始することにする。

「おぃ、あのパーティってもしかして……」

「あれって、メンバー構成がちょっと違うけどあれだよね」

「幼いサーバント三体とあの黒い装備間違いないだろ」

「俺、噂《うわさ》だけで、都市伝説だと思ってたよ」

「あれが噂の『超絶《ちょうぜつ》リア充黒い彗星《すいせい》』か」

「本当に普通だな。噂通り装備は普通じゃなかったけど」

「サーバント、可愛かったな。うらやましい……」

俺の知らないところでこんな話が展開されていたようだが、先に進んだ俺が知る由もなかった。


普段の下に延《の》びる所謂《いわゆる》階層型のダンジョンと違い、このダンジョンは横方向に延びている所謂平面型のダンジョンで全方向にかなりの広さを持っている。初めは固まっていたイベント参加者達《たち》も徐々にばらけてきて、今目視出来るのは一組だけとなっている。

途中《とちゅう》スライムに遭遇《そうぐう》したが、殺虫剤《さっちゅうざい》で問題無く倒《たお》せたのでダンジョンが変わってもスライムは同じだという事が確認できてよかった。

殺虫剤でスライムを倒すのを見て、真司と隼人がさっそく俺の戦闘《せんとう》スタイルについて質問してきた。

「絶対人には言うなよ。俺にも理由はわからないけど、スライムはな、殺虫剤に弱いんだよ。所謂特効的効果があるんだ」

「へ～っ。そうだったんだ」

「ふ～ん。あんまり知られてないよな」

「お前ら、それだけ？」

「いやそれだけって、スライムだしな」

「ああ、普段《ふだん》俺《おれ》たち五階層まではゲート使ってるから、もうスライムに会う事無いし」

「いや、お前らわかってないな。スライムを手軽に狩《か》り放題なんだぞ。すごくないか？」

「スライム狩り放題って、スライムばっかりそんなに狩ってもな」

「そもそも、狩り放題っていうほど会えないし、効率悪いだろ」

確かにシルのようにモンスターを探す手段がなければ、効率よくスライムを狩る事は難しいだろう。

正直俺の中では秘匿《ひとく》しておきたい、とっておきだったのだが、レベルがある程度上がっている探索者には、あまり旨味《うまみ》がない内容なのかも知れない。

隼人達《たち》の反応は正直目から鱗《うろこ》だった。

話もそこそこにダンジョンを進んでいるとシルがモンスターの出現を知らせてくれた。

「ご主人様、モンスターがいます。かなりのスピードで移動していますが、三体だと思います」

「よしっ。俺と真司とベルリアが前に、隼人とシル、ルシェが後方に」

エリアもスライムのいたエリアからは既《すで》に外れているしスライムは高速移動しないので、違うモンスターだろう。

待ち構えているとすぐにモンスターの姿が見えた。現れたのは二本の角が生えている白い馬だ。

馬に角といえばユニコーンをイメージするが、どちらかというと生えているのは羊の角の大きい奴《やつ》なので、イメージにあるユニコーンとは大分違う。

ダンジョンが広くスペースがあるので散開しながらスピードを出して向かってくる。

距離を詰《つ》められる前に俺がバルザードの斬撃を放ち、真司が『アースバレット』を発動する。俺の斬撃がうまく命中して一体は消滅《しょうめつ》したが、真司の『アースバレット』は、高速でかわされてしまったようだ。

敵の動きが思ったよりも速い。

残った二体が猛然《もうぜん》と突進《とっしん》してきたかと思うと、そのまま俺達を飛び越《こ》して後方に抜《ぬ》けてしまった。

「シル、ルシェ頼んだ！」

「消えてなくなりなさい。『神の雷撃《らいげき》』」

「馬の丸焼きってうまいのか？　さっさと焼けろ！『破滅《はめつ》の獄炎《ごくえん》』」

二人の攻撃《こうげき》が馬型モンスターに炸裂《さくれつ》してあっさりと二体は消滅した。

「まあ初戦にしては被害《ひがい》もなかったし良かったんじゃないか？」

「ご主人様、先程《さきほど》の馬型のモンスターを見るのは初めてですが、この程度であれば全く問題はありません」

「馬は角が生えても所詮《しょせん》は馬だな。わたしの敵じゃない」

「まあ、最初から二人の事は全く心配してないけどな」

「海斗、俺やばいかも。『アースバレット』が当たらなかったし、あっさり後ろに行かれた。前衛失格かも」

「いや俺の方がもっとやばいって。馬が飛び越えてくると思わなかったから咄嗟《とっさ》に動けなかった。シルフィーさんとルシェリアさんがいなかったら俺やばかったよ」

「まあ二人とも初戦だからな。これから徐々に対応できる様になるって。慣れるまでは俺とシル達がフォローするからあんまり気にすんな。俺なんか普段から他のメンバーに頼りっきりだからな」

「おおっ、海斗がかっこよく見える……。やばい惚《ほ》れてしまう」

「俺も海斗がかっこよく見える。吊《つ》り橋《ばし》効果で変な扉《とびら》が開いたらやばい……」

「二人とも馬鹿《ばか》な事言うのはやめてくれ。置いていくぞ」

「すまん。でも一瞬《いっしゅん》カッコよく見えたのは本当だぞ」

「俺も一瞬カッコよくは見えたけど、変な扉は冗談《じょうだん》だ。何があっても扉は開かないから安心してくれ。開かずの間ってやつだ」

「本当に頼むぞ！　フォローはするけど、冗談が過ぎると置いていくからな」

初めてのダンジョンでいつも以上にモンスターに注意を払《はら》わないといけないのに、この二人にまでそっちの気は配れない。

ダンジョンで可笑《おか》しな冗談は洒落《しゃれ》にならないので控《ひか》えて欲《ほ》しい。

今日目指すのは八階層と区分されているエリアだ。

原始的だが一番間違いのない方位磁石を使いマップ通り進んでいく。

「ご主人様、敵です。今度もかなりのスピードで移動しています。四体います」

「みんな、さっきと同じでいくぞ。真司と隼人は焦《あせ》らずいこう」

俺と真司とベルリアで前に陣取《じんど》る。

今度も二角馬か？

そう思いながら前方を見ていると、ゴブリンらしきモンスターが現れた。

いつも見ているゴブリンよりも一回り小さい気がするものの見た目は完全にゴブリンだ。

ただゴブリンにしては移動スピードが、かなりおかしい。

まだ距離があるので姿を捉《とら》えられているが、明らかに通常のゴブリンと異なるスピードで移動している。

「隼人も魔核銃《まかくじゅう》で応戦してくれ」

近づかれると厄介《やっかい》なので近づかれる前に仕留めたい。

俺も魔核銃を手に持ち攻撃をかける。

「嘘《うそ》だろ⁉」

魔核銃の攻撃が当たらない。かなり狙《ねら》いを定めて放ったが着弾《ちゃくだん》する前に高速で次の場所に移動してしまっている。

普通のゴブリンはこれほどのスピードは出せない。こいつらはゴブリンの素早《すばや》い版。スピードスターゴブリンとでもいうべき存在だ。

狭《せま》いダンジョンではこいつらの特性は生かされないと思うが、この広い平面ダンジョンでは縦横無尽《じゅうおうむじん》に駆《か》け巡《めぐ》ることができるので厄介だ。

モンスターもダンジョンの特性に合わせて独自進化しているのかもしれない。

まだ、それほどこのダンジョンのモンスターに出会ったわけではないがスピード系のモンスターが多いことは想像できる。

このダンジョンをベースにしている探索者もそれに適応する形でレベルアップしているのかもしれない。

やはりダンジョンは奥深《おくぶか》い。

「おぃっ、何ぼ～っとしてるんだよ。さっさと指示しろよ」

「ああ、すまない。ルシェ、進行方向を予測して周辺一帯焼《や》き払ってくれ。シルも雷撃を頼む。いくら速くても雷撃以上ってことはありえないから」

「かしこまりました。ゴブリン如き素早くなっても所詮相手ではありません。『神の雷撃』」

「チョロチョロするな。『破滅の獄炎』」

「俺もやるぜ！『必中投撃』おりゃ」

シル達の攻撃で二体のゴブリンが消し炭と化し、もう一体も隼人の『必中投撃』による槍《やり》の一撃《いちげき》で消失してしまった。

シル達の攻撃の威力《いりょく》は言わずもがなだが、隼人の『必中投撃』はある意味スピード殺しとでもいう物だろう。

スピードが速かろうが必中するのだから、相手からするとたまったものではない。

俺も一応スピードタイプのつもりなので負けてられないが、必中スキルは反則だ。

残った一体に向けて俺も走り出す。

残念ながらスピードスターゴブリンほどのスピードは出せないが、動きを予測して先回りすることで距離を詰める。

攻撃が届く距離まで全力で走り理力の手袋《てぶくろ》の力を使い、移動するゴブリンの足を掴《つか》んでやった。

かなりの高速で走っていたゴブリンは、そのスピード分だけ勢いよく前方へと転がっていく。

転がって動けなくなったゴブリンに向かって一気に距離を詰めてバルザードでとどめをさした。

「ゴブリンのくせにやたらと素早かったから、ちょっと驚いたけど倒せてよかった。それにしても隼人の『必中投撃』は凄くないか。敵のスピードを無効化してる様なもんだな」

「そう言ってもらえると嬉《うれ》しいよ。さっきは、全く動けなかったからな。今回はどうにか役に立たないとと思って必死だったんだ。海斗も戦い慣れしてて、さすがだな」

「まあ、ちょっとだけ俺の方が先輩《せんぱい》だからな。いろんな敵に遭《あ》ってるからだよ。それに先週までとにかく小さい敵ばっかり相手にしてたからな〜。今回は普通サイズの敵ばっかりだからほっとしたというかやりやすいんだ」

「おい〜また、俺だけ役に立てなかった。俺やばいかも」

「まあ真司はパワータイプだから引き付けて戦うしかないな。武器もここでは槌《つち》じゃなくて二刀流で素早い動きに対応した方がいいんじゃないか」

「ああ、そうしてみるよ」

「マイロード、次こそ頑張ります」

そういえばベルリアは、このダンジョンに入ってから全く役に立ってなかったな。

まあ、ベルリアの場合普通に俺より速いので心配はないだろう。

ゴブリンの魔核《まかく》を拾ってから先へと進むが、オープンスペースが多いせいで、方向を見失いやすい。気を抜くと迷子になりそうなのでマップと方位磁石だけは無くせない。

道中何度かモンスターに遭遇したが、やはりここのモンスターはスピードが速い。

ただ、暗闇《くらやみ》でもなければ、極小でもないので俺的にはストレスなく戦えていて結構いい感じだ。

「ご主人様、前方からモンスターが三体近づいています」

「マイロード、ここは私におまかせください」

「ベルリア、そんなに張り切って無理しなくても大丈夫《だいじょうぶ》だぞ」

「いえ、無理など一切《いっさい》しておりません。心配ご無用です」

「う〜ん。そうは言ってもな〜」

「ご主人様、ベルリアもご主人様のお役に立ちたいのです。ベルリアもこの程度のモンスターに遅《おく》れをとるはずがありません。まかせてみてはいかがでしょうか」

「シル姫様《ひめさま》！　一生ついていきます」

以前ルシェにも同じセリフを言っていた気がするが、お前の主人は俺じゃないのかベルリア。

「シルがそう言うならまかせてみようか。じゃあ俺たちは全員後方待機で、危なくなったら援護《えんご》するな」

「はっ。必ずお役に立ってみせます」

そう言ってベルリア一人で前衛に立ち、俺たちは普段よりも少し後方に陣取る。

「なあ、海斗。ベルリアってなんであんなに必死なんだ？　まだ始まったばっかりだぞ」

「う～ん。性格もあると思うけどな」

「いや、隼人。俺にはベルリアの気持ちがわかるぞ。他の四人が活躍《かつやく》しているのに俺達二人だけ全く活躍出来てないからな。俺もベルリアと同じ気持ちだ。痛いほどわかる。ベルリアって案外いいやつだな。俺の中で好感度が急上昇だ」

まあ、ベルリアの気持ちも真司の気持ちもよくわかる。以前の俺は二年間ずっとこの状態だったのだから。

前方から猛《もう》スピードでスピードスターゴブリンが迫《せま》って来た。

「ベルリア気を抜くなよ！」

「問題ありません」

「シル、ルシエ、いつでもいけるように準備しておいてくれよ」

「はい、もちろんです」

「わかってるって」

スピードスターゴブリンはベルリアが一人で前衛に立っているのをみて、三体で一気に攻《せ》め立ててきた。

ゴブリンはそれぞれがショートソードを手に持っているが、一斉《いっせい》に三方から迫ってくる。

「ベルリア！」

予想は出来た事だが、流石に高速の敵に三方から一斉にかかられてはまずい。

ゴブリンが剣《けん》を振《ふ》りかぶって、ベルリアを攻撃しようとした瞬間《しゅんかん》、ベルリアがブレてすり抜けた。

俺の目にはそう見えた。

すり抜けた瞬間に正面から襲《おそ》ってきたゴブリンの武器を持つ腕《うで》が地面へと落ちた。

「グギャガギャギャ〜！」

痛みで暴れだし動きの止まったゴブリンに向かってベルリアが背後から袈裟《けさ》斬りにとどめをさす。

「おいっ海斗今のなんだ？　ベルリアが敵をすり抜けた様に見えたぞ」

「おいおい、ベルリアってあんなに強かったのか？　俺と同じモブサーバントなのかと思ってたぞ」

「まあ剣はすごいんだよ。一応士爵《ししやく》級悪魔《あくま》だしな。あれでも俺の師匠《ししよう》だから」

一体をやられたゴブリンだが、まだ数的優位を保っているのを理解している様で間髪《かんはつ》を入《い》れずにベルリアに再度襲《おそ》いかかってきた。

今度は二方からショートソードを振り回しながら襲いかかってきたが、ベルリアはバックステップでその攻撃を躱《かわ》し、次の瞬間前方に踏み込んで右側のゴブリンを一閃《いっせん》して消滅させた。

残った一体のゴブリンが一瞬躊躇《いっしゅんちゅうちょ》した後に逃《に》げ出そうとして背を向けた瞬間、ベルリアが再び瞬間移動の様にブレてゴブリンのすぐ背後に迫り、そのまま斬《き》り伏《ふ》せて倒してしまった。

「すげぇ！」

「ベルリア。いやベルリア師匠！　かっこいい」

「ベルリア、よくやった。流石だな」

「はい。ありがとうございます。この程度のモンスター物の数ではありません」

「ベルリア、よくやりました。これからもご主人様のために励《はげ》みなさい」

「はっ、シル姫《ひめ》のために頑張ります」

「まあ、頑張ったんじゃないか。これからはもっと敵を倒せよ」

「ルシェ姫。ありがとうございます。ルシェ姫の剣として恥《は》ずかしくない様励みます」

やっぱりやり取りがちょっとおかしい気がする。主人は俺だぞベルリア。

「師匠。ベルリア師匠と呼ばせてください」

「さっきの動きはなんですか！　俺にも稽古《けいこ》をつけてください。お願いします。師匠」

隼人と真司は先ほどのベルリアの戦いを見て、感化されてしまったらしい。なぜか呼び方が師匠に変わっている。

「マイロードが良いと仰《おっしゃ》ればもちろん稽古をつける事は構いませんが」

「本当ですかベルリア師匠。海斗いいよな。なっ」

「それじゃあ決まりだな。俺たち二人を弟子《でし》にしてください」

「マイロードよろしいでしょうか？」

「まあ、このダンジョンに潜ってる間はいいんじゃないか」

「それはそうと師匠、あの動きはなんですか？　師匠の体がブレたと思ったらゴブリンをすり抜けたんですけど」

「あれはスキルですか？　それとも魔法《まほう》ですか？」

「いえあれは足運びによる瞬間的《しゅんかんてき》な移動ですよ。長距離《ちょうきょり》は無理ですが、瞬間的にであればあのぐらいのスピードは出せるのです」

「あれがただの足運びなんですか？　という事は俺たちでもできる様になる可能性があるって事ですか」

「まあ理論的には不可能では無いと思いますが」

「すげ～。俺頑張《がんば》ります。師匠についていきます」

「俺もあれができれば活躍できる。師匠お願いします」

二人とも自分達も出来るかもと舞《ま》い上がっている様だが、あれがそんな簡単に出来るわけないだろ。

俺なんか毎日ベルリアに稽古をつけてもらっているが全くあんな動きはできないぞ。あれは達人だよ。達人の域に到達《とうたつ》しないとああはならないんだ。

まあ、せっかくやる気になっているのにテンション下げる様な事は言いたくないから今は言わないけど。

そこから八階層エリア迄《まで》はベルリアが中心となって敵を倒して進んでいく。

途中、真司と隼人に口頭でのレクチャーもしているが、流石に口頭で教えただけででき
たら苦労はしない。

「ご主人様、敵モンスターですが、今度は二体だけです」

今までの中では少ないな。

「シル、やっぱり高速移動してるのか？」

「はい、今までよりも速いぐらいです」

「マイロードおまかせください」

「それじゃあベルリア頼んだぞ。俺たちは後ろに控えてるからな」

先程と同じ陣形《じんけい》で敵モンスターを待ち受けるが、現れたのは、翼《つばさ》が四枚ある大型の鷲《わし》だ
った。

こちらに向け上空から、猛《もう》スピードで迫ってきている。

鷲はベルリアには向かわずそのまま上空を通り過ぎ、後方の俺達に狙いを定めて降下し
てきた。

「やばい、シル『鉄壁《てっぺき》の乙女《おとめ》』を頼む。隼人『必中投撃』で一体を頼んだぞ。俺がもう一
体を仕留めるから引き付けてから攻撃だ」

二体の大型鷲のモンスターは完全に俺をロックオンした様で二体共に俺目掛《めが》けて急降下してきたが、目前迄迫《までせま》った瞬間『鉄壁の乙女』に弾かれた。

弾かれ空中で動きの止まった鷲に向けバルザードの斬撃を飛ばし、真っ二つにする。

隼人は少しタイミングが遅れてしまったが、鷲が離《はな》れる瞬間、

「焼き鳥にしてやる。『必中投撃』」

槍を鷲に向かって投げ、見事に中心を貫《つらぬ》いた。

「結構やるじゃないか」

「おおっルシェリアさんに褒《ほ》められた！　やったぜ」

無事二体とも倒せたのでよかったが、このダンジョンにも飛行型のモンスターがいた。やはりどんなタイプのモンスターが現れたとしても対応できるように、しっかりと対策をとっていく必要がありそうだ。

「マイロード、申し訳ありません……」

「まあ、ベルリア気にするな。飛行型がくるとは考えてなかったから。ただ次からは元の陣形でいこうな。お前だけだと、空は無理だろ」

「……はい」

「師匠、得手不得手がありますからね。もしあれだったら投擲《とうてき》は俺が教えましょうか？

師匠ならすぐに上手《うま》くなりますよ」

「ありがとうございます。少し考えさせてください」

「はい、いつでも言ってください」

ベルリアの立場が……。

教える方から教わる方になってしまった。

まあそれで戦力アップに繋《つな》がれば俺はどちらでもいいのだが。

鷲の魔核を拾ってから俺たちは順調に先へと進み八階層エリアに到達した。

明確な線引きがあるわけではないのでおおよそだが、マップを確認する限り恐《おそ》らくここが八階層エリアなのだろう。

マップさえ有れば階層型のダンジョンより平面型のダンジョンの方が効率よく回れる気もするが、この感じならもしかしたら、ここにはゲートは存在しないのかもしれない。

「ベルリア、投擲の練習はしないのか？」

「私はマイロードの剣です。投擲は隼人様におまかせします」

ベルリア、さっきお前はルシェの剣とか言ってなかったか？

「ご主人様、最近暗いところばかりだったのでここは広くて明るくて本当に良いですね」

「そうだな。ここは敵も大きいから俺《おれ》もやりやすいな」

「そうですね。いつものダンジョンもいいですが、時々こちらにも来てみませんか？」

「まあ、時々来るのも良いかもしれないな」

「本当か海斗。その時はまた俺達《おれたち》も誘《さそ》ってくれ」

「俺は別にいいけど」

「まあ、たまにはいいんじゃないか。気分転換《てんかん》にもなるだろ」

「おお～流石はルシェリアさん」

「お話の途中ですが、ご主人様、敵モンスターです。三体います」

「よし、じゃあ俺と真司とベルリアは前衛だ。特にベルリアは俺の剣としての力を見せてくれよ」

「マイロードおまかせください。貴方《あなた》の剣はオリハルコンをも凌駕《りょうが》します」

敵を待ち構えているが、そこに現れたのは小型のオークだった。

俺の知っているオークは動きが鈍《にぶ》いがこのオークは違う。

何やらカンフーのような不思議な動きをしながら向かってくる。

小型と言っても俺らよりは随分《ずいぶん》大きいのでミニ豚《ぶた》のような可愛《かわい》さは一切感じられない。

すぐに三体が迫って来て俺達前衛と戦闘になる。

俺の相手はヌンチャクのようなものをブンブン振り回して攻撃してくる。

今までこんなものを武器にした相手と戦った事がないのでやりづらい。

間合いも測りにくい上に、武器の飛んでくる角度もおかしい。

短いバルザードでは相性《あいしょう》が悪すぎる。俺はバルザードの斬撃を飛ばして、オークの動きを止めて、大きく後方にステップバックして距離を稼《かせ》いでから魔氷剣を発動した。

流石《さすが》にあの変則的な動きに短いバルザードでは対応しきれない。

魔氷剣の効果が切れるまでが勝負だが、相手の攻撃が途切《とぎ》れないので受けに回ってしまい、なかなか攻撃に転じることができない。

「隼人、一瞬でいいからこいつの攻撃を邪魔《じゃま》してくれ！」

「まかせとけ。『必中投擲』これで豚の串焼《くしや》きの出来上がりだ」

隼人が投擲したのは槍ではなく、釘《くぎ》。

オークの顔面に隼人の放った釘が見事に命中した。

「ブヒィーグッヒィ」

いくら脂肪《しぼう》が分厚くても顔に釘が刺《さ》されば、相当な痛みだろうと想像はできるが、完全に敵の攻撃が止まったので、俺は踏《ふ》み込《こ》み魔氷剣をオークの腹に突《つ》きいれ、そのまま爆散させた。

戦闘が終わり、余裕《よゆう》ができたので真司の方に目をやると、真司も俺同様に押《お》されていた。

真司の相手は無手。所謂体術を駆使《くし》して攻撃をかけて来ているが、手と足に金属製の武具をつけており、パンチやキックを素早く繰《く》り出している。

豚のくせに異常に身軽だ。今度はアクションスターばりに旋風脚《せんぷうきゃく》を繰り出している。

真司も二刀を使い防いではいるが防戦一方だ。

「真司、その状態から『アースバレット』だ。その距離なら絶対に決まる」

「おおっ、近接戦闘しながら使ったことなんかないぞ！」

「大丈夫だ。絶対いける！」

「わかったよ。やるよ、やってやる。『アースバレット』」

流石に細かい照準は無理だろうが、目の前の豚のサイズがあれば流石に外さない。

真司の放った石の礫《つぶて》が見事にオークの腹に命中し動きが止まった所を滅多斬《ぎ》りにして勝負は決した。

最後に残ったのはベルリアだが、近接戦で珍《めずら》しく苦戦している。

苦戦の理由は間合いだ。

敵オークが武器にやたらと長い槍を使っているからだ。

バスタードソードより遥《はる》かに長い槍に距離《きょり》を潰《つぶ》せずに苦戦をしているが、相手の豚もかなりの使い手に見える。

「師匠、お手伝いしますよ」

「隼人様……。お願いします」

「まかせてください！　ベルリア師匠の剣の錆《さび》となれ。『必中投撃』」

再びオークの顔に釘が突き刺さり、槍の攻撃が止まった瞬間ベルリアが、残像を残して懐《ふところ》へと踏み込むと一瞬でオークの首をはねてしまった。

「流石です。師匠」

「いえ、隼人様のおかげです」

今回の戦闘は、隼人のサポートを受けてかなりいい感じだったのではないだろうか。

連携《れんけい》も取れて、少しだがこのパーティの戦闘スタイルが見えてきた気がする。

オークを倒し八階層エリアを進んで行くことにする。先ほどまで、あれほど張り切っていたベルリアの元気がないのが少し気になるが、まあ放って置いてもすぐ元気になるだろう。

「結構歩いたし腹減ったな〜。歩きながらでいいよな」

「ああ、もちろんいいぞ」

探索《たんさく》しているとそれなりの時間になったので、歩きながら昼ごはんを頬張《ほおば》る。

今日の昼ごはんはコンビニのたらこおにぎりと焼きそばパンだ。

俺のダンジョン飯は、ほとんどこれにサンドウィッチを加えたものをローテーションで食べている。やはりおにぎりとパンの組み合わせの炭水化物コンビがカロリーを消費した身体に染《し》みる。

「ご主人様。敵モンスターです。四体いますがやはり高速移動しています。注意してください」

「ちょっとだけ待ってくれ。すぐに食べ終わるから」

「海斗は遅《おそ》いな。俺はもう食べ終わったぞ」

「俺もこれで終わりだ。やっぱりダンジョン飯は唐揚《からあ》げパンに限るな」

二人とも食べるのが速い。俺も急いで焼きそばパンの残りを口にほおばり飲み下す。

モンスターには関係のない事なのはわかっているが、ダンジョンの中で唯一《ゆいいつ》ほっとできる時間なので、食事くらいは普通《ふつう》に取りたかった。

「よひっ、じゃあ真司と俺とベルリアで前衛、残りは後衛を頼む。隼人も攻撃できるタイミングが有ればいつでも攻撃してくれ」

「海斗、のど詰まらすなよ」

モンスターを待っていると微《かす》かに地面が振動《しんどう》してきている気がする。

なんだ？　地震《じしん》か？

ダンジョンで地震などシャレにならないが、どうやら自然現象ではなかったようだ。

待ち構えていると地響《じひび》きをさせながら現れたのは角の生えたトロールだった。

トロールなのに巨体《きょたい》を揺《ゆ》すりながらかなり素早く移動している。どうやらトロールの巨体で地響きが起こっているらしい。

俺が戦った事があるトロールは、パワーはあるものの基本的に動きが鈍いので、その巨体は的にしやすかったが、この角の生えたトロールは明らかに違う。

トロールは四体いるので一体を隼人にまかせる事にして戦闘にかかる。

「みんな注意してくれ。スピードタイプのトロールだ。パワーもあると思うから絶対に攻撃はくらうな！　隼人一体まかせたぞ」

迫ってくる姿を見る限り恐らく俺の全速力より速い。

後方に通さないよう前衛の三人で壁となるが、その巨体の圧に下がりそうになるのを奥《おく》歯《ば》をかみしめ踏《ふ》ん張る。

目前に迫ってきたトロールの武器は大型の棍棒《こんぼう》だ。

三体が体当たり気味に俺たちに向かってくる。

流石にこいつらと正面衝突《しょうとつ》する気はないので、俺はバルザードの斬撃をトロールの足下《あしもと》に飛ばす。

斬撃がカウンター気味に迫ってきていたトロールの足下に入り、片足を切断することに成功し、バランスを崩《くず》し支えを失ったトロールはおもいっきり前方に転がった。

俺はすぐに転んで背をみせたトロールへ迫り、無防備となった背中から心臓を狙いバルザードを突き立てて消滅させた。

ベルリアと真司は俺とは違《ちが》う戦い方で、トロールを正面から迎《むか》え撃《う》っている。

ベルリアはトロールの重量級の一撃をバスタードソードで器用にいなしながら『アクセルブースト』で剣を加速させトロールの胴体《どうたい》をすれ違いざまに真っ二つにしてしまった。

真司は、信じられない事に正面からトロールの一撃を受け止めていた。

いくらパワータイプとはいってもトロールと人間ではサイズが違う。どれだけパワーにステータスが偏《かたよ》ってるんだ？

「おおおおぉお～」

変な雄叫《おたけ》びをあげながら二刀から持ち替《か》えた槌で応戦している。

トロールの棍棒の一撃を渾身《こんしん》の槌の一撃で打ち返し更《さら》に追撃《ついげき》を加えて手傷を負わせている。

とんでもない力だがこれなら問題なさそうだ。

後方へ向かったもう一体のトロールに目をやったが、隼人の槍が腹部に刺さってはいるものの、血を流しながら三人の下へと向かっていた。

「うあああ～。まじか。こっちにくるなよ！　これでもくらえ」

メインウエポンを手放した隼人が必死に魔核銃を放つが全く止まる気配はない。

「これ以上踏み込むことは許しません。そろそろ終わりです」

止まらないトロールに向けシルが神槍を構えそのまま串刺し《くしざ》にしてしまった。

流石はシル。格が違う。

隼人は槍を手放した状態で大型のトロールが突進してきたのでかなり焦っていたようだが、今はホッとした表情を浮《う》かべている。

その後再び真司の方に目を向けたが、既に勝負は決しておりトロールは消滅していた。

「隼人、槍を手放した後に敵が向かってきたら、焦らずにナイフとか釘とかで足止めすればいいよ。シルとルシェがいるから絶対に大丈夫だから。それとできれば細身の剣か何かをサブウエポンで腰《こし》にでも下げてた方がいいんじゃないか？」

「そうだよな～。今までは魔核銃でカバーしてたけどトロールぐらい大型のが突進してきたら魔核銃じゃ厳しいもんな。さっきは焦って思わず声が出ちゃったよ。ははっ」

まあ、いつものダンジョンには高速のトロールなんかいなかったので対応が後手になるのは仕方がない。

それに俺達のパーティにはシルとルシェがいる。慌《あわ》てさえしなければどうにかなるのでパニックだけは避《さ》けたい。

敵のスピードにも慣れて来たのもあるが、やっぱりこのダンジョンとは結構相性がいい気がする。

しかもファンタジー系のモンスターも多いのでなんとなくテンションが上がる。

「ご主人様、モンスターです。今度は五体いますが、今までよりは移動がゆっくりな気がします」

「とりあえずモンスターの数が多いから一人一殺でいこうか」

「おい海斗、わたしたちは六人だぞ。引き算もできなくなったのか？」

「そのぐらいの計算俺でもできてるよ。じゃあルシェは待機な。危なかったら助けてくれよ」

「えっ？　わたしが待機？」

「敵が五体だからな。しょうがないだろ。待機してくれ」

そんな話をしているうちに現れたのは、ゴブリンだった。

ただ普通のゴブリンとは大きく違う。

フル装備のゴブリン。

鎧兜《よろいかぶと》を着込《きこ》み、手には剣や槍を持っている。

その体躯《たいく》は俺よりはひと回り小さいが、ベルリアよりは大きい。

種類も、ただのゴブリンとは少し違うのか、ゴブリンのくせに妙《みょう》に凛々《りり》しく見える。

「ギエェエー！」

五体とも一気には向かって来ず、武器を構えて少しずつ距離を詰めてくる。

これは、明らかに武器を使える感じだ。

力押しのトロールとは、動きがまったく違う。

「みんな防具の隙間《すきま》を狙うぞ。このゴブリン多分強い」

俺も一体の武装ゴブリンに目星をつけて向かい合うが、モンスターが剣で切りつけてくる。単純な上段からの攻撃にバルザードを合わせようとしたが、急に太刀筋《たちすじ》が変化した。

「うぁっ！」

咄嗟に後方へとシフトして避けたが、かなり危なかった。

こいつフェイントを使ってきた。

単純な動きからの変化。今の動きは明らかに剣術《けんじゅつ》に近いものがある。

今のを見る限り、正面から斬《き》り合えば俺の方が劣《おと》っているだろうが、まともに斬り合う必要はない。

俺の戦い方は魔道具込みのにわか剣術だ。俺は騎士《きし》でも剣士《けんし》でもない。

俺は再度斬り合う素振《そぶ》りを見せながら、そのままバルザードの斬撃を至近距離《しきんきょり》から放った。

至近からの斬撃は鎧《よろい》の上からでも効果を発揮して、武装ゴブリンを胴体から切断する事に成功した。

斬り合いは、一瞬だったが、このゴブリンは結構手強《てごわ》かった。対応を誤れば手傷を負う可能性も十分にあったと思う。

「ふ～っ」

と大きく呼吸してから周囲を見てみると、シルは既《すで》に武装ゴブリンを倒《たお》してしまっていたが神槍に貫けない物はなしといったところだろう。

残りのメンバーに目をやるとベルリアがゴブリンと斬り合っているが、明らかにベルリアの剣技が上回っており、的確に鎧の隙間を狙って斬りつけ徐々《じょじょ》にゴブリンを追い詰《つ》めている。

ベルリアの剣技が際立《きわだ》っているが、相対しているゴブリンも、なかなかに剣を使いこなしているのがわかる。

単純にベルリアとの斬り合いを想定した場合、俺ではあそこまでもたない気がする。

残りの二人だが真司は槍を持ったゴブリンと斬り結《むす》んでいるが、相手の間合いが遠いのでかなり苦戦している。槍の攻撃《こうげき》を槌で弾いて応戦しているが、懐に入れずに決定打を出せていない。

逆に隼人は槍で距離を保ちながら確実にダメージを与《あた》えているが、動く敵の防具の隙間を狙う事に苦労している。

これは、どちらかのフォローに入った方がいいかもしれない。

「真司、隼人、助けが必要か？」

「俺はまだ奥《おく》の手《て》があるから大丈夫だ」

「俺は正直厳しい。ルシェリアさん希望」

ルシェ希望？　真司……お前何言ってるんだ。

「ルシェ聞いたか？　真司がお前をご希望だそうだ。頼《たの》んだぞ～」

「しょうがないな。特別だぞ？　これで終わりだ。『侵食《しんしょく》の息吹《いぶき》』」

獄炎《ごくえん》で真司に被害《ひがい》が及《およ》ばないようにしたのだろう。久々に『侵食の息吹』だ。

「グギュgyう|、ウガAa～」

「お、おい。海斗これって一体？」

「ああ大丈夫だ。精神汚染《おせん》と共に体が溶《と》けるんだ」

「溶けるのか。なんて恐ろしいスキルなんだ。流石ルシェリアさん。素敵《すてき》……」

馬鹿《ばか》な真司は放っておいて隼人をいつでもフォローできるようにしておく。

槍で突きながらも、なかなか倒しきれない状況が続いたが、片手で槍を突き出して牽制《けんせい》した瞬間『必中投撃』を発動して空いた手で釘を放ちゴブリンの眉間《みけん》に突き刺した。

俺の戦い方に少し似ているなと思ったが見事な物だ。

俺達三人は少し苦戦したが、手傷を負うことなく武装ゴブリンを倒すことができたので良かった。

真司と隼人も敵によって得手不得手があるものの、それなりに順応してきた感じがする。

順調に敵を退けパーティのモチベーションも上がって来ているところだが、初日なのでもう少し頑張《がんば》ったら切り上げようかと考えている。

「真司も隼人もさっきの戦闘《せんとう》は結構やれてたんじゃないか？　シルとルシェのサポートが有ればもう少し先の階層も行けそうだな」

「いや、正直まだ一杯一杯《いっぱいいっぱい》の所もあるから、今日はここまででお願いします」

おおっ、真司冷静だな。

「ああそうだな、あせる必要もないから今日は八階層エリアを巡回《じゅんかい》して引き上げるか」

「お話し中すいません。ご主人様、モンスターです。四体ですのでご注意ください」

「よし、じゃあ今度は、隼人も前衛に上がってみようか。四人が前衛でシルとルシェがサポートしてくれ」

四人で並んでモンスターを待つが、シルとルシェが後ろに控《ひか》えているので安心して戦闘に臨《のぞ》める。

「マイロード来ましたよ」

俺よりも視力の良いベルリアが先に発見したが、出現したのは先程《さきほど》と同じゴブリンだった。

その姿はゴブリンだが、驚《おどろ》くことに宙を飛んでいる。

背中に大きな翼が生えており、その姿はさながら天使ゴブリン？　のようだ。

ある意味シルに近いシルエットだが、その醜悪《しゅうあく》な見た目はシルとは違いすぎる。

こいつらをシルと一括《ひとくく》りにするのは、シルに申し訳なさすぎるので、フライングゴブリンと名付ける事にする。

「隼人は間合いに入ったら積極的に撃ち落としてくれ」

徐々にフライングゴブリンが近づいて来るが、翼の生えた人型モンスター……。

空飛ぶゴブリン。やはり違和感《いわかん》がある。

接近してきたゴブリンは通常攻撃では届かない結構高い位置にいる上に、よく見ると手には弓を持っている。

　これはまずい。

「シル『鉄壁の乙女』を頼む」

「かしこまりました。それにしても不格好な生き物ですね。翼まで生えていて非常に不愉《ふゆ》快《かい》です。『鉄壁の乙女』」

　シルが相手の事を批評するなんて珍しいな。まさか同族嫌悪《けんお》か？　いやシルに限ってそんな事はないな。そもそも同族じゃないし。

「ベルリアは大丈夫だろうから『鉄壁の乙女』の効果範囲《はんい》から出て戦ってもいい。自由にしてくれ、俺達は中で待ち構えてしとめるぞ」

　指示を出している間にも次々に矢が飛んでくる。上空からの矢による攻撃は普段《ふだん》体験する事がないのでかなり厄介《やっかい》だ。

　俺はバルザードの斬撃を先頭のフライングゴブリンにお見舞《みま》いする。

　敵も攻撃が届かないと踏んで、完全にこちらを舐《な》めていたのか、斬撃が無防備な状態で直撃《ちょくげき》して、そのまま墜落《ついらく》して消えてしまった。

　隼人も槍《やり》を投げ一体消滅《しょうめつ》させる事に成功したがあと二体。

　ベルリアが敵を引き付けるべく前方で目立った動きを見せているが、フライングゴブリンも警戒《けいかい》して上空からの攻撃に徹《てっ》している。矢による攻撃はベルリアがバスタードソードで叩《たた》き切っているので膠着《こうちゃく》している。

「海斗、すまん。敵が近づいてこないから俺役に立てそうにない」

「まあ気にするな。次から俺の魔核銃《まかくじゅう》貸すよ。ちょっと練習してから実戦で使ってみようぜ」

「おおっ。心の友よ」

「大袈裟《おおげさ》だな。まあ気を抜《ぬ》かずにいこうぜ」

残りの二体だが俺と隼人で倒すのが一番いいだろう。

「隼人、もう一体いけるか？　ベルリアを攻撃してる奴《やつ》」

「ああまかせとけ。師匠が釘付《くぎづ》けにしてくれてるから余裕だよ」

隼人に一体をまかせて俺も最後の一体に狙《ねら》いをつける。

左手に魔核銃を構えてカモフラージュに威嚇射撃《いかくしゃげき》をしながら、狙いをつけ右手に持ったバルザードを振るって斬撃を飛ばす。

シッカリと狙ったつもりだったが片手で振るったせいで少しずれ、片方の翼にだけ命中したが、うまくバランスを崩すことに成功し、ゴブリンが墜落した。

とどめを刺そうと構えると、俺の攻撃より先に前方を炎が覆《おお》った。

フライングゴブリンとの戦闘を終え、俺は約束したように魔核銃を真司に貸し出す事にした。

一応師弟《してい》コンビが連携した形なので、結果として上出来だろう。

もう一体は隼人が投げナイフを命中させ、墜落したところをベルリアがしとめていた。

まあルシェの性格からして気持ちは分からなくはないけどな。

「ここに来てから待機ばっかりで疲《つか》れた。少しぐらい良いだろ」

「ルシェ、指示してないけど」


パーティのバランスを考えた時に真司が遠距離《えんきょり》攻撃《こうげき》できないのは結構厳しいので明日から活躍してもらうためにも今日中に訓練しておきたい。

「まず魔核銃の説明からするな。魔《ま》核《かく》を事前に吸収させとけばいいんだけど、マガジンに弾《たま》が十発込めれるから連射は十発までだ。一応、予備のマガジンを五個渡《わた》しておくから入れ替えたら最大で六十発まで撃てるからな。本当に危ない時は、遠慮《えんりょ》しないで撃って撃って撃ちまくってくれ」

「ああ、わかったよ。使った分は後でお金返すな」

「まあ、魔核を優先してもらってるし、そんなに気にしなくていいぞ。それじゃあ早速《さっそく》練習するか。まずは動かない的からだな。ここにカップラーメン置くからこれを狙ってみよう」

「すまないな。なんか食べ物が勿体無《もったいな》い気もするけどやってみるよ」

真司に構え方をレクチャーしてから十メートルほど離れてから撃ってもらう。

『プシュ』

「おおっ、こんな感じか」

トリガーを引けば、バレットが射出されるので当然弾は出た。出たがどこにいったかわからない。

もちろん的のカップラーメンは無傷だ。

「どこだ？　どこに当たったんだ？」

「マイロード、あそこですよ」

どうやらベルリアにはしっかり見えていたようだ。

「えっ？」

弾が命中したのはカップラーメンからは二メートル近く左横に離れた位置の背後の壁《かべ》だった。

はっきり言って俺を含《ふく》めて今まで見た中で一番下手だ。それも断トツに。

「よし真司もう一回構えてみてくれ」

「おう、こんな感じか？」

「う～ん見た感じはそれっぽいんだけどな～。もう一回撃ってみるか」

『プシュ』

再度真司がトリガーを引いたが、カップラーメンは無事だ。今度も左か？

先程命中した位置を確認《かくにん》してみるが弾痕《だんこん》は一つしか無い。どこだ？

「どこに行ったんだ？」

「マイロードあちらです」

ベルリアが指したのはカップラーメンの右横二メートルぐらい離れた位置の後方の壁だった。

今度はこっちか……。

何が悪いんだ？

見た感じそんなにおかしくはない。

「隼人、何が悪いんだろう。俺にはそんなにおかしいようには見えないんだけど」

「う～ん。俺もよくわからないな。自分がやってるのとそんなに違うようには思わないけどな」

どうすればいいんだ？　左右で四メートルもずれている。この距離でこんなにずれるもんなのか？

「マイロード一つよろしいでしょうか」

「どうしたベルリア」

「真司様ですが、構えは悪くありませんがトリガーを引く時に力が入りすぎて銃口《じゅうこう》が動いてしまっています。もっと肩《かた》の力を抜いて軽く引けばいいのではないでしょうか」

おおっ。ベルリア流石だな。俺は撃った瞬間《しゅんかん》飛んだ先しか見てなかったから全く気がつかなかった。もしかしてベルリアは銃を持たせてもすごいのか？

「真司、そういう事だそうだ。深呼吸して軽くやってみようか」

「おおっ。ベルリア師匠《ししょう》ありがとうございます。やってみます」

『プシュ』

今度もカップラーメンは無事だったが、着弾箇所《ちゃくだんかしょ》はすぐに分かった。カップラーメンのすぐ横の位置の後方の壁だった。

「もうちょっとだ。次いけるぞ」

『プシュ』

「おおっ」

四発目にしてついにカップラーメンに穴が空いた。中心からは外れているがしっかり穴が空いている。

これでもうお湯を注ぐ事はできない。

「やったな。それじゃあ、感覚を忘れないようにもう一発いっとこう」

『プシュ』

今度も真ん中ではないがカップラーメンの穴が二つになった。

次の一発もどうにか命中してカップラーメンは三個目の穴が空いたところでお役御免《ごめん》となった。

「それじゃあ、今日はこのくらいにして明日は動く相手を撃ってみようか。この辺りのモンスターは速いからちょっと難易度高めだけど、これができないと意味がないしな」

「おおっ、まかせといてくれ。しっかり命中させてみせる」

正直真司は余り射撃《しゃげき》の才能があるようには思えないので、このエリアのモンスター相手には苦戦するだろうが、俺達でフォローしてやりたい。

「みんなどうだった?」

「俺は苦戦ばっかりだったから、明日からは魔核銃も借りたし頑張るよ」

「ああ、俺も苦戦したけど途中《とちゅう》からはなんとかなってきた感じだな。やっぱり海斗達《たち》がいると安心感が違うな。俺達だけだと一日じゃ調整出来なかったと思う」

「マイロード明日も私は頑張ります」

「まあベルリアも空中の敵は隼人と連携とっていこうな」

「私は特に問題なく進めたと思いました。明日慣れてくればもう少し奥まで行っても大丈《だいじょ》夫《うぶ》ではないでしょうか」

「まあ、明日の状況次第《じょうきょうしだい》だけど、パーティとしてはそれほど苦戦した感じはなかったよな」

「わたしがいれば全く問題なしだな。明日はどんどん進んでもいいぞ」

「だから明日次第だって」

マップを見ながら入り口に向かって帰っているが、なんとなくステータスを確認してみて驚いた。

LV　19
HP　60
MP　20
BP　71
スキル
スライムスレイヤー
ゴブリンスレイヤー（仮）↓ゴブリンスレイヤー（微《び》）

神の祝福
ウォーターボール
苦痛耐性《たいせい》（微）
愚者《ぐしゃ》の一撃《いちげき》

「ああっ！」

それほどの強敵を倒したわけではないので、勿論《もちろん》レベルアップなどするはずもないが、なんとスキルが進化していた。

そもそもスキルが進化する事自体知らなかったのだが初めてスキルが進化した。

ゴブリンスレイヤー（仮）からゴブリンスレイヤー（微）へと進化している。

「海斗どうしたんだ？　変な声を上げて。何か変な敵でもいたのか？」

「いやそれが、さっきの戦闘でスキルが進化したみたいだ。多分今までに遭遇《そうぐう》した事のないゴブリンと何回か戦ったからだと思うけど」

そう言って俺はゴブリンスレイヤー（微）の効果を確認する。

ゴブリンスレイヤー（微）……　ゴブリンに対する死の恐怖《きょうふ》を克服《こくふく》し、一人で勝利した者に与えられる。ゴブリンとの戦闘時全ステータス20パーセントアップの補正がかかる。

以前のゴブリンスレイヤー（仮）は偶然《ぐうぜん》による勝利の為《ため》に制限がかかり、ゴブリンとの戦闘時、全ステータスが10パーセントアップだったが、今回のゴブリンスレイヤー（微）は、偶然による勝利の注釈《ちゆうしやく》が消え、ゴブリンとの戦闘時のステータスが20パーセントアップとなっている。

たかが20パーセントアップだが、ゴブリンスレイヤー（仮）の10パーセントアップと比《ひ》較《かく》すると効果は倍だ。ステータス10パーセントアップではあまり効果を実感する事はなかったが20パーセントアップすれば体感できる部分も多くなってくるのではないだろうか。

俺はやった！　遂《つい》にスキルの壁を超《こ》えた。流石に（仮）は微妙《びみよう》だったが、（微）とはいえダンジョンの神に認められたような気がして正直自分を誇《ほこ》りに思う。

それにこのタイミングでのランクアップは、ゴブリンの変異種が多く現れるここでは有《あり》難《がた》い。

しかし、スキルが進化するとは思ってもいなかった。

もしかしたら他のスキルも進化する可能性を秘《ひ》めているのかもしれない。

ゴブリンスレイヤー（微）と同じ（微）がついている苦痛耐性（微）がなんとなく一番可能性を秘めている気がする。

恐《おそ》らくだが苦痛耐性（弱）になる可能性があるのではないだろうか？

たからだろう。

ただし今回ゴブリンスレイヤー（微）が進化した条件は、恐らく多種のゴブリンを倒し
これに照らし合わせると苦痛耐性（微）の進化条件は多種の苦痛を味わう事か……。

いやだ！　俺はこれ以上多種の苦痛を味わいたくはない。

ただでさえ電撃《でんげき》トラップや『暴食の美姫《びき》』による苦痛を味わって発現したスキルなのに、
これ以上どんな苦痛を味わえば進化するというのか。

ダンジョンの神は一体何を俺《おれ》に期待しているのか、スキル進化の可能性とそれに至るま
でのことを想像して俺は身震《みぶる》いしてしまった。

嫌《いや》な予感に身震いしたものの、一応スキルの進化に喜びながら無事地上へと戻《もど》ることが
できたのでギルドへと向かい今日一日の報告をおこなう。

「海斗、今日の報告だけど俺にまかせてもらっていいか？」

「ああ、別にいいけど」

「よし！」

「隼人ずるいぞ」

「いやいや早い者勝ちだからな」

「明日は俺の番な」

何だ？　そんなに報告が大事なのか？

「すいませ～ん。今日の報告お願いします」

「はい。よろしくお願いします」

あぁっ、これか。隼人が報告に向かった先は朝、可愛いと言っていた職員の下だった。

流石だな隼人。それだけ積極性があれば良い相手がすぐ見つかる気がするが、どうして十七年間彼女《かのじょ》がいないのか謎《なぞ》だ。

それから今日の報告を、隼人が満面の笑《え》みで済ませたのでホテルに向かう事にする。

「岬穂香《みさきほのか》さんか。いいよな」

「ああ、穂香さんって感じだったな。やっぱりギルドの受付の人ってかわいい人多いよな」

「ああ、本当にな。やっぱり俺たちの癒《いや》しだよ。ダンジョンから戻ってきた喜びがより一層感じられるよな」

「ああいうの大人の色気っていうのかな」

「そうだな。明日は俺だからな。明日こそ俺はやるぞ！」

「は～っ、それはそうと隼人、今日泊《と》まるホテルって近いのか？」

「ああ、ちゃんと調べて近くを取ったから、徒歩五分ぐらいだ」

隼人たちは、受付のお姉さんの話題で盛り上がっていたが、最近シャワーが習慣付いてきているので、すぐにホテルに向かう事にした。

ホテルには徒歩ですぐに到着《とうちゃく》したが、予想に反し見た感じ普通に綺麗《きれい》なホテルだ。

『ホテル　ダンジョンシティ』

まあそのまんまだが、探索者を相手にしたビジネスホテルのようなものだろうか。

「すいません三人で予約しておいた水谷《みずたに》です」

「はい。今日から二泊《はく》でご予約賜《たまわ》っております。ご朝食はいかがいたしましょうか」

「朝食は無しでお願いします」

「かしこまりました。それではこちらがルームキーとなります」

「ありがとうございます」

受け取ったルームキーはカード式となっていたが、普段ホテルに泊まることなどほとんど無いので、ちょっと感動した。

「隼人、今時部屋の鍵《かぎ》ってカード式なんだな」

「そりゃ、最近カードじゃない方が少ないんじゃないか？」

「そうなのか」

少し時代に取り残されてきている気がするが、これでカードキー経験者として胸を張っていける。

部屋は405号室だったのでエレベーターで四階に上がってから部屋を探す。

「そういえば一部屋なんだな。三人で泊まれるぐらい広い部屋だと高くなかったか？」

「いやそんな事はないよ、結構安かったぞ」

そう話しながら部屋に着いたのでカードキーを使ってみる。部屋の前のボックスにカードをかざすとカチッと音がして扉《とびら》が開いた。

「何だこの部屋は……」

目の前に広がっている部屋の光景、というか広がっていない。狭《せま》い。

まあ狭いのは仕方がないが、問題はベッドが二台しかない。

「隼人、ちょっといいか。俺達《おれたち》三人だよな」

「当たり前だろ」

「それじゃあ何でベッドが二台しかないんだ？」

「いや、よく見ろよ。あるだろ。なあ真司」

「まあ安かったからな」

ベッドはどう見ても二台しかないが、どういう事だ？

「それだよそれ、それがベッドになるんだって」

そう言って隼人の指した方を見るとそこにはソファーがあった。

「これか？」

「そう、ツインの部屋にエキストラベッドで三名利用なんだよ」

「エキストラベッド……」

「そう。このソファーがな、こうやると倒れてな」

隼人がソファーを倒すと小さめのフラットなベッドが現れた。

「便利だよな。これで三人部屋に早変わりだ」

「ところでこのソファーベッドは誰《だれ》が使うんだ？」

「それはジャンケンだろ」

ジャンケン……。

明らかにエキストラベッドは狭い。これは絶対に負けられない。負けるわけにはいかない。絶対に勝つ。

安寧《あんねい》の地を手に入れるための絶対に負けられないジャンケンが始まった。

「ジャンケン……」

俺は渾身のグーを突《つ》き出したが、隼人と真司は示し合わせたかのようにパーを出してきた。

「あ〜負けた〜！」

負けてしまった。絶対に負けられない戦いに俺は負けてしまった。

「じゃあ俺はこっち側使うな」

「それじゃあ俺はこっちな」

二人が普通のベッドを占拠《せんきょ》したので、俺は仕方なくエキストラベッドに寝《ね》てみる。

寝れない事はないがやはり狭い……。

これで寝てもダンジョンでの疲れが取れる気がしない。

俺がお金を払《はら》うわけではないので文句は言えないが、どうやら電車でのリア充とモブゲームで運を使い切ってしまったらしい。

嘆《なげ》いても仕方がないのでシャワーを浴びよう。

「俺シャワー浴びたいんだけど順番どうする？」

「海斗、言ってなかったっけ、このホテルは大浴場がついてるんだよ」

「そうなのか。それはいいな。じゃあ折角《せっかく》だからみんなで入るか」

そんなやりとりがあり、俺たちは三人で大浴場に入る事にした。

「あ～っ。気持ちいいな～。シャワーもいいけど、風呂《ふろ》もいいな～」

「このホテル部屋は狭いけど、大浴場があるから結構いいな」

「ダンジョンの後に広い風呂最高だよな。それはそうと海斗、お前葛城《かつらぎ》さんとどうなってるんだよ」

「どうなってるって、別にどうもなってないけど」

「どうもなってない事はないだろう。最近どこかに誘《さそ》ったりしたのか？」

「昨日カフェに行ったけど」

「カフェ……」

「海斗、カフェデビューしたのか。大人だな。どこのカフェに行ったんだよ」

「いや学校の近くにあるカフェでクラスの女子に人気らしい」

「たぶん、あそこだな。それでカフェってどうだった？」

「どうって言われても、まあよかったよ」

「良かったってどう良かったんだよ」

「お洒落《しゃれ》で、フランボワーズのケーキとコーヒーが多分美味《おい》しかった」

「おいおい、フランボワーズって何だよ。それに多分美味しかったって……」

「いやフランボワーズが人気らしくって。ちょっと俺には甘《あま》かったけど」

「さすがカフェだな。フランボワーズって俺の人生で出てきたことないぞ」

「それはそうと、カフェでどんな話をしたんだよ」

「この遠征《えんせい》の話とか、春香の趣味《しゅみ》の話とかだな」

「趣味の話か。ところで葛城さんの趣味って何なの」

「料理と写真だそうだ」

「料理と写真か～いいな～」

「俺なんかゲームとダンジョンしか趣味ないぞ～」

「いやまだいい方だろ。俺なんかゲームしないしダンジョンしかないんだけど」

「葛城さんの手料理か。憧《あこが》れるな。遠征終わったら今度俺ら三人でカフェでも行ってみる？」

「俺はいいや。来週また春香と行く約束してるから」

「海斗。それはもうデートだよな」

「いや、カフェに行くだけだぞ。オレンジピールのブラマンジェを食べに行くだけだ」

「オレンジピールってなんだよ。みかんの皮か？ 言い方でおしゃれ度上がりすぎだろ」

「は～。俺も一度でいいから言ってみたいよ。『オレンジピールのブラマンジェを食べに行くだけだ』く～っ」

「何なんだよ。バカにしてるだろ」

「海斗、お前がいい奴だけどバカなのは知ってる。でもな、世の中では、好きな女の子とオレンジピールのブラマンジェを食べる事はデートと認定《にんてい》されるんだぞ」

「俺はバカじゃないし、デートでもないぞ。俺だって春香とデートしてみたいんだよ」

「それじゃあ聞くけど、海斗にとってどういうのがデートなんだよ」

「いやそれは付き合ってる男女が一緒《いっしょ》にどこか行く事だろ」

「お前らもう付き合ってるだろ」

「何言ってるんだよ。知ってるだろ、残念だけど俺達はお買い物するだけの仲なんだよ。まあ、たまに映画も行くけど」

「は〜もうバカ海斗の事はいいから、葛城さんに、俺らにも誰か紹介《しょうかい》してもらえないか聞いてみてくれないか？」

「是非《ぜひ》頼《たの》むよ」

「聞いてみるのはいいけど、なかなか難しいと思うぞ」

「海斗、三組でトリプルデートとか最高じゃないか？」

「いや普通《ふつう》に無理だと思う」

「デートを楽しむにしても俺達趣味《おれたちしゅみ》が少なすぎるよな。三人で何か新しい趣味始めないか」

「いいな。何にする？」

「写真とかやってみる？」

「それは葛城さんと同じ趣味を持ちたいだけだろ。俺は新しい出会いのために役立つ趣味がいいんだ」

「それじゃあ何がいいんだよ？」

「デートで役に立ちそうなカラオケとか女の子と一緒に行けそうなカラオケとか女の子と盛り上がりそうなカラオケとか」

「隼人さっきから、カラオケしか言ってないけどそんなにカラオケ行きたいのか？」

「いやそういうわけじゃないけど、何って聞かれると俺デートとかした事ないし、何がいいかわからない……。悲しいけど映画とカラオケぐらいしか思いつかないな」

「そうだよな。俺もそのぐらいしか思いつかない。今回の遠征が終わるまでに三人で何が良いか考えとくか」

「そうだな。未《ま》だ見ぬデートの日の為に三人で力を合わせて備えよう」

三人での風呂は恋愛《れんあい》談議？　で盛り上がったが、モテたことのない三人が集まっても、残念ながら文殊《もんじゅ》の知恵《ちえ》とはいかず、三人集まっても、ただのモブの知恵で建設的な意見は全くといって出なかった。

『ちゅん、ちゅん』

「もう、朝か」

目を覚ますとそこにはいつもと違《ちが》う天井《てんじょう》が広がっており、横に視線をやるとそこには見知った寝顔《ねがお》があった。当然それは春香のではなく真司と隼人だ。

俺達はホテルダンジョンシティでの朝を迎《むか》えた。

生まれて初めてエキストラベッドで寝てみたが悪くはない。悪くはないが出来れば普通のベッドで寝たかったというのが本音だ。家のベッドに比べてもやはり窮屈《きゅうくつ》だった気がする。

昨夜は三人で俺の用意したカップ麺《めん》を食べて早めにベッドに入ったが眠《ねむ》るまでに色々話せて良かった。

教室とは違った感じでいろいろ話したが、一番の驚きは真司のタイプがクラスメイトの前澤《まえさわ》さんだとわかったことだ。どうも真司は強いタイプの女性が好みのようだが学校では真司がそんな素振《そぶ》りをみせたことはなかったので全く気がつかなかった。

真司も見た目はそれなりに強そうに見えるし案外お似合いかもしれない。

まあ、普通に考えて、あの前澤さんが真司を相手にするイメージは湧《わ》かないけど。

ギルドで待っていると定時の九時になる前に昨日と同じメンバーが全員そろっていた。

「それでは皆《みな》さん二日目の探索頑張《たんさくがんば》ってください。二日目は気が抜けて怪我《けが》をする方も増えますので、気を引き締《し》めてお願いしますね。今一番進んでいるのは十七階層エリアのH－175のパーティですね。初日で素晴《すば》らしいペースです。他のパーティの方々もそれぞれのペースで頑張ってください。それでは解散です」

「海斗、十七階層だってよ。すごいな」

「まあ元々のレベルが俺らよりかなり高いんだろ。俺は参加できる最低ランクのブロンズだからな。それにここは平面だからマップさえあれば、それ程《ほど》時間をかけずに奥《おく》まで行く事もできるから」

「そうか、ここじゃあ海斗で最低ランクなんだもんな。俺も頑張るよ」

「まあ張り切りすぎても失敗するから、焦《あせ》らずに集中して頑張ろうな」

ギルドでの点呼を終えたので早速昨日の所まで向かう事にする。

「おい、どうする？　『黒い彗星《すいせい》』に声かけてみるか？」

「そうだな、サーバントの子ともお近づきになりたいよな」

「サーバントが三人だもんな。やっぱり超絶《ちょうぜつ》リア充は超絶金持ちなんだろうな」

「よし、じゃあ声かけるな。すいませ～ん。ちょっと良いですか？」

なんだ？　他のパーティの人が急に声をかけて来た。まさか絡《から》まれるのか？

「はい。何か用ですか？」

「あの~失礼ですけど『黒い彗星』さんですよね」

おおぃ。『黒い彗星』さんって、俺の名前は高木《たかぎ》海斗さんだけど。

「いえ、人違《ひとちが》いだと思います」

「あっ、すいません超絶リア充『黒い彗星』さんですよね」

いや、そういう意味じゃない。

「いえ違います」

「またまた~。その漆黒《しっこく》の装備とサーバント三体って『黒い彗星』さんしか考えられないじゃないですか」

「いや、他にもいるかも」

「いえ絶対にいませんよ。もしかしてお忍《しの》びでこの遠征に参加してるんですか?」

お忍びって……。

「いやそういう訳では。それでご用件は?」

「ああ、できたら仲良くなれないかと思って声かけたんですよね」

「俺とですか? 俺と仲良くしても別に良いことないですよ」

普段ダンジョンで話しかけられる事は少ないので、自然と警戒してしまう。

「いやいや、超絶リア充さんと仲良くすれば、俺達もあやかってちょっとはモテるようになるかと思って」

「それ間違《まちが》ってますよ。俺は全くリア充じゃないです。むしろ非リア充の代表です。俺にあやかっても、モテるどころかよりモテなくなっちゃいますよ。なあ隼人」

「う～ん難しい所ですけど、俺はあやかっても全くモテる気配はないですね。真司はどう思う？」

「おそらくですけど『黒い彗星』と仲良くしても彼女ができるような事はないと思います。俺は全く出来ていないので」

「そ、そう」

「残念ながら皆さんが思ってるようなご利益はないと思いますよ」

「それじゃあ、せめてサーバントの女の子達《たち》を紹介してほしいな～」

「う～ん。こう言ってるけど」

「何かめんどくさいな。目障《めざわ》りだと燃やしてしまいたい衝動《しょうどう》に駆《か》られるぞ！」

「えっ？」

「ルシェ、そのぐらいにしといてくれよ」

「はは、なんか紹介してもらうのは難しそうですね。それじゃあ、また明日～」

ルシェのセリフが効いたのか声をかけて来たパーティはそそくさと去ってしまった。

「ルシェ、ちょっと厳しくないか？」

「いえ、ご主人様。ルシェが言っていなければ私が代わりに言っていました。ご主人様と親しい方々には、精一杯《せいいっぱい》努めさせて頂きますが、不純な目的で近付いて来られる方を相手にするつもりはありません」

「そうか。嫌な思いをさせて済まなかったな」

「いえ、ご主人様は何も悪くありません」

まあ、シルもルシェも俺と俺のパーティメンバーにはしっかりやってくれてるから問題ないか。

それにしても不純な動機で近づいてくる輩《やから》って隼人と真司は大丈夫か？

このイベントに一番不純な動機で参加している二人だけどまさか燃やされたりしないよな。

二人の行く末が心配になりながらも、探索《たんさく》は順調で昨日と同じ八階層エリアを進む。

「海斗、今日の朝のルシェリアさんとシルフィーさんかっこよかったな」

「そうか？」

「ああ、ちょっとチャラい感じの奴らを一刀両断って感じで憧れる～」

「そういえば不純な目的で来る奴は許さないって言ってたけど、お前ら本当に大丈夫か？」

「もちろんだよ。海斗くん、僕《ぼく》たちは真面目《まじめ》が歩いているようなものだよ、心外だな～」

隼人達《たち》と馬鹿《ばか》な話をしながら進んでいるとシルが敵の存在を知らせてくれる。

「ご主人様。敵モンスターが五体です。速度は昨日と同じく速めです」

「よし、じゃあせっかくだし俺達だけでやってみるか。隼人も前衛でいこう。それと真司、せっかくだから魔核銃《まかくじゅう》を構えて敵が見えたら先制攻撃《こうげき》してみるか」

真司には昨日の練習の成果を見せて動く相手に是非《ぜひ》命中させて欲《ほ》しい。

待ち構えていると現れたのは昨日も戦ったスピードスターゴブリンだった。ただし手に持っている武器はショートソードだけではなくボウガンと槍《やり》の奴《やつ》が交じっている。

ボウガンはやばい。ベルリアみたいに飛ぶ矢を落とすような真似《まね》は出来ないので俺達三人は危ない。

「真司、隼人、ボウガン持ってる奴を先に叩《たた》くぞ」

「ああ、わかった」

俺達三人は最も危険だと思われるボウガンを持った二体を先に倒《たお》す事にした。

『プシュ』『プシュ』

速い！

真司と隼人が魔核銃を放つが当たらない。

俺は魔核銃の攻撃を避けながら高速移動するゴブリンに理力の手袋《てぶくろ》の力を使って足を掴《つか》み、盛大に転ばしてやった。

「真司とどめを」

『プシュ』『プシュ』

転んで動かなくなったゴブリンに向けて真司が魔核銃を連射して消失させる。

「やった！　初めてたおしたぞ」

「まだ四体いるんだ。気を抜《ぬ》くなよ。とにかくもう一体を攻撃される前に仕留めるぞ」

「まかせろ」

「うおおおっ、撃《う》ってきた！　やばいぞ海斗」

「敵の武器と手元にも注意だ。照準あてられたら、とにかく逃《に》げろ！」

俺は敵のボウガンの向きに集中しながら、動き回るゴブリンの足に狙《ねら》いを定めて、再度理力の手袋の力を使う。

威力《いりょく》は弱くても高速移動する敵に不可視の楔《くさび》は抜群《ばつぐん》だ。先程《さきほど》と同じように激しく転倒したゴブリン目掛《めが》けて真司と隼人が魔核銃でとどめをさし消失に追いやる。

一連のやり取りで、残りの三体の警戒《けいかい》度が上がり、距離《きょり》を取りながらこちらを窺《うかが》っている。

理力の手袋は使えなくなるが、ボウガン持ちは既《すで》に倒したので、この距離はこちらに有利だ。

「真司、隼人、ゴブリンが射程に入るまでは待って、射程に入ったら一斉射撃《いっせいしゃげき》だ」

「おおっ！」

スピードスターゴブリンも、警戒してしばらく射程外で移動を繰《く》り返していたが、このままでは埒《らち》が明かないと思ったのか、槍を持った一体が一直線に向かって来た。

「真司、隼人、今だ！」

俺達三人はその一体に集中して攻撃をかける。

『プシュ』

『必中投撃』

直線的に向かって来たこともあり、真司の放った弾《たま》も命中し、隼人の放った釘《くぎ》も頭部に刺《さ》さっている。

痛みに立ち止まったゴブリン目掛けて俺がバルザードの斬撃を飛ばして消滅《しょうめつ》に追いやる。

あと二体だ。

やはり、ゴブリンスレイヤー（微）が仕事をしてくれているのか、いつもより集中力が増している気がする。

三体目を倒した時点で残りの二体も覚悟《かくご》を決めたのか二体同時に距離を詰《つ》めて襲《おそ》いかかって来た。

二体の相手を真司と隼人にまかせて俺はナイトブリンガーの能力を発動して素早《すばや》くゴブリンの背後に回り込《こ》む。

真司が武器を槌《つち》に持ち替《か》えゴブリンを押《お》し込む。

完全に俺から意識の外れたゴブリンの背後へと忍び寄りバルザードを突き入れる。

すぐにバルザードを抜き隼人が槍で牽制《けんせい》している敵にも間髪《かんはつ》を入れずに飛び込んで背後からバルザードをねじ込んで消失に追いやる。

「ふ〜やったな」

「俺達だけで五体か。結構すごいんじゃないか」

「おお、それにやっぱり海斗は、すげ〜よ。俺達二人だけじゃ対応しきれなかったよ」

スピードスターゴブリン五体を相手にサーバントの助けを一度も借りずに倒すことが出来た。

ゴブリンスレイヤー（微）の力と真司が魔核銃で遠距離《えんきょり》の敵を倒せる様になったのが大きい。いざとなれば真司には『アースバレット』もあるので十分戦力になっている。

ゴブリンが相手とはいえ、ここのゴブリンはいつものダンジョンのゴブリンとは一味違う。こいつらを倒す事で普段《ふだん》と違ういい経験を積めていると思う。
この遠征が確実に成長につながっている気がする。
ちょっとダサイが俺達三人で気分はゴブリンスレイヤーズだ。

第二章 ダンジョンキャンプ

ゴブリンスレイヤーズと化した俺達は順調に探索をこなしている。

「この辺りは、もう大丈夫そうだな。時間も限られてるし、そろそろ九階層エリアまで移動してみようか」

「えっ？　九階層に行くのか。俺達には未体験エリアだな」

「でもせっかく海斗《かいと》達がいるし行ってみるか」

「シル達はどう思う？」

「全く問題ありません。次のエリアに向かいましょう」

まあシル達がいればもっと先のエリアでも問題ないだろう。俺達は八階層を切り上げて九階層エリアに向かう。

マップを見る限りは隣接《りんせつ》しているので、それほど時間はかからないはずだ。

「よし、じゃあ次のエリアを目指して移動するから移動中も気を抜かずにいこう」

途中オークの一団を撃退《げきたい》しながら、九階層と思われるエリアまでスムーズに到達《とうたつ》する事が出来た。

「ご主人様、敵です。三体ですが、移動速度は極《きわ》めて遅《おそ》いです」

　移動速度が遅いとは、このダンジョンにしては珍《めずら》しいな。九階層エリアになったので今までとは違う種類のモンスターなのかもしれない。

　しばらく待ってみても一向に現れないので、俺達の方から向かう事にした。

「どんなモンスターなんだろうな」

　明らかに今までとは違うモンスターに集中力を高め進むと、その姿を目視する事が出来たが、かなり大きい。

「海斗、あれってスライムか？」

「そうみたいだな」

「海斗、あのサイズのスライムって倒せる物なのか？」

「前にもっと大きいのを倒した事もあるから大丈夫《だいじょうぶ》だろ」

「えっ？　あれより大きいスライムって俺らのダンジョンにいるの？」

「ああ、隠《かく》しダンジョンで一回倒したけどあれの倍ぐらいあったぞ」

「あれって通常攻撃効くの？」

「う～ん。通常の剣《けん》と槍じゃ難しいかもな。槌はやってみないとわからないけど、うまく急所をつけばいけるんじゃないか」

俺達は眼前に現れた等身大程度の巨大《きょだい》スライム三体を倒しにかかる。

「隼人《はやと》は今回後衛でいこうか」

俺と真司《しんじ》、ベルリアでそれぞれ一体ずつに相対し戦闘《せんとう》に入った。

俺はもちろんリュックから殺虫剤《さっちゅうざい》を二本取り出して、必殺の殺虫剤ブレスをダブルでお見舞《みま》いする。

いくら大きくても所詮《しょせん》はスライム、スライムスレイヤーたる俺のダブル殺虫剤ブレスの前には無力だ。

ただ、やはりデカイだけあってなかなか消滅まで至らないが、ブレスし続け殺虫剤を半分程使用した所でようやく消滅させることができた。

流石《さすが》にこの後もこのサイズが大量に出る様だと、殺虫剤が間に合わないので他の方法も試みる必要があるかもしれない。

真司とベルリアに目をやると、それぞれがまだ奮闘《ふんとう》していた。

真司は槌を手に攻撃を繰り返している。

見ていると槌による一撃《いちげき》はかなり威力があるようで確実にスライムの体を削《けず》っていっている。

「うお～りゃ～」

真司は槌による連撃を加えていき、みるみるスライムの体が小さくなって。

「どりゃ～ああ～」

真司は汗《あせ》だくになりながらもスライムの体を削りきって消滅させる事に成功した。

流石に真司はパワー系だけあって力押しでの戦闘ではかなり活躍《かつやく》するな。

もう一体と相対するベルリアは苦戦していた。

スライムを斬りまくってはいるが、バスタードソードでは、急所までは届かず体積を削る事も出来ずにいる。

『アクセルブースト』も何回か使用してみている様だが、いいところ真司の槌の一撃程度しか効果を見せていないので、どう考えても倒し切る事は無理っぽい。

「お～いベルリア、手伝ってやろうか」

「マイロード、心配には及《およ》びません。私が圧倒していますので時間の問題です」

ベルリアがそう言うのでしばらく待ってみたが、状況《じょうきょう》はあまり変わらない。

やはりベルリアとこの巨大スライムは相当に相性《あいしょう》が悪い様だ。

「おぃ、ベルリアいつまでかかってるんだよ。全然進めないだろ、わたしがやるから下がってろ」

「はい。ルシェ姫《ひめ》申し訳ありません」

「スライムなんか大きくなったって所詮スライムだろ、ベルリアも修行《しゅぎょう》が足りないんじゃないか。さっさと消えろ！『破滅《はめつ》の獄炎《ごくえん》』」

『破滅の獄炎』と巨大スライムは相性バッチリの様で、あれだけベルリアが苦労した敵があっという間に蒸発して消えてしまった。

「ルシェ姫ありがとうございます」

ルシエの助けもあり無事に三体を倒すことができたが、先ほどの真司とベルリアの労力を考えると、やはり殺虫剤は素晴らしい。

リュックに残りがまだ三本あるので一本ずつ渡《わた》しておいてもいいな。

「はぁ、はぁ、はぁ。スライムきついな〜。疲《つか》れた〜」

「真司は大分お疲れだな。俺は今回は何もすることなかった」

倒したスライムの魔核《まかく》を回収してみるが、やはりいつものスライムの魔核よりもかなり大きい。

「おい、それ大きくていいな。今日は特別にその魔核でもいいんだぞ？　どうしてもっていうなら味見してやってもいいんだからな」

「いや、先は長いからいつものので」

「ちっ、けち！」

殺虫剤を消耗《しょうもう》した上にこの魔核まで取られてしまったら完全に赤字になってしまうので、ルシェの事はスルーしていつもの魔核を渡しておく。

ルシェたちの食事を待ってからダンジョンを進むと、また大型のスライムが出現した。

ただ今までのスライムとは少し違い、床《ゆか》にアメーバ状にへばりついているのだ。正直これでは剣や槌では対処のしようがない。

今までこのタイプのスライムを見た事がないので、このダンジョンの固有種かもしれない。

これに対処するのは通常の武器ではかなり厳しい気がするので、このダンジョンの探索者は火炎《かえん》放射器か何かを常備しているのかもしれない。

「とりあえず俺《おれ》が殺虫剤ブレスで倒すけど、さすがに四体はきついな。シル、ルシェ頼《たの》めるか」

「はい。かしこまりました。おまかせ下さい」

「しょうがないな、一気に焼き払ってやるよ」

とりあえず一体に近づいて殺虫剤ブレスを吹《ふ》きかける。アメーバ状だろうがなんだろうが、スライムには殺虫剤の効果がてきめんで、難なく一体を片付けたが、殺虫剤二本が前回の戦闘と併《あわ》せて空になってしまった。

これで残る殺虫剤は三本だけだ。この先は節約するしかない。

「ご主人様の手を煩《わずら》わせるまでもない。消えて無くなれ。『神の雷撃《らいげき》』」

『ズガガガガーン』

「グチュグチュ気持ち悪いんだよ。蒸発して無くなれ。『破滅の獄炎』」

『グヴオージュオー』

あっさりと二体が消失したので残るは一体だけだ。

「我《わ》が敵を穿《うが》て神槍ラジュネイト」「さっさと消えろ。『破滅の獄炎』」

「あっ！」

二人共このダンジョンに来てからサポート役となり、活躍の場が少ないからか、今回張り切った様で、二人同時に床に張り付いたスライムに向けてスキルを発動した。

眼前のスライムは一瞬《いっしゅん》で消失してしまったがこれは完全なオーバーキルだ。

完全にやりすぎだな。

『ピシッ』

えっ？　なんだ今の不吉《ふきつ》な音は？　足下《あしもと》から聞こえて来たぞ？

「おいっ、さっきの聞こえたか？」

「ああ聞こえた」

「聞こえたけどこれって」

『ピシッ、ビシッ』

やばい。なんかやばいがどうしていいかわからない。

あたふたしている間に予想通りと言うか、最悪の出来事が起きてしまった。

足下の床が崩《くず》れてしまい、俺達パーティ全員が下層に向かって滑落《かつらく》してしまった。

「ううわーぁあ〜！」

分かっている。これは、シルとルシェが床に向かってコンボ攻撃を仕掛《しか》けてしまったのが原因だ。

通常の攻撃であればダンジョンの床が抜ける事は考えられないが、シルの神槍はダンジョンの床と壁《かべ》をぶち抜いた実績がある。そこに運悪く絶妙《ぜつみょう》のタイミングでルシェの獄炎が加わってしまい、足下が崩れて底が抜けてしまった。

瓦礫《がれき》と共に下層へと落下してしまったが、これまでの飛んだり落ちたりした経験もあり、思った以上に冷静な自分がいて無事に着地する事が出来た。

「みんな。大丈夫か〜」

「おおっ。俺は大丈夫だ」

「びっくりしたな。俺も大丈夫だぞ」

「ご主人様申し訳ありません。やり過ぎてしまいました」

「わたしのせいじゃないぞ。床が脆《もろ》くなってたんだよ」

「マイロード私も大丈夫です」

とりあえず全員無事のようなのでよかった。

それにしても前回隠しダンジョンに潜《もぐ》った時も同じ様な感じで下に降りたが、今回も同じ様に登るしかないな。

またマントが犠牲《ぎせい》になるのかと思い気が重くなるが背に腹は代えられない。

「シル、前と同じように翔《と》んでくれるか？」

「はいもちろん大丈夫ですが、また紐《ひも》が必要となります」

「うん……それはわかってるよ」

「シルフィーさんって、もしかして翔べるのか？」

「ああ、一応翔べるよ。翼《つばさ》があるからな」

「おお〜。すごいな。空を翔ぶシルフィーさん。神々《こうごう》しすぎるだろ」

「早くみたいな。天使だ。いや神か」

「俺も翔んでるのは一度しか見た事はないけど、一見の価値有りだぞ」

隼人達とくだらないやり取りをしながら上を向いて俺は愕然《がくぜん》とした。

「はっ？　なんで。これって一体どういう事だよ」

前回も下層から抜け出した事があるので大丈夫だろうと思っていたが、抜けた天井を見た瞬間《しゅんかん》にその考えは吹っ飛んでしまった。

さっき空いたはずの穴がどこにもない。

「どういう事なんだ。なんで穴がないんだよ」

「海斗、これって結構やばくないか？」

「海斗、ダンジョンが自動修復したって事だよな」

自動修復、確かにそれしか考えられない。

「シル、もう一度天井に穴を空けられるか？」

「はい、やってみます」

シルが天井まで翔んで行き槍を構える。

「我が敵を穿て神槍ラジュネイト」

『ズガガガ〜ン』

爆音《ばくおん》と共に再度天井に穴が空いた。

「よし、これで帰れるな」

帰れる事に安心して声を上げたが、見ている内にみるみる穴が閉じてしまった。

「まじか。本当に穴が閉じた」

俺は慌《あわ》てて、事前にもらっていた下層のマップを確認《かくにん》する。

俺達《おれたち》がいたのは九階層エリアだから、そこに下層のマップを重ねると、現在地は……。

嘘《うそ》だろ。マップによればここはおそらく二十階層エリア。

どうすればいい。どうやって帰るんだ。俺でも二十階層なんて行ったことがない。まして真司と隼人は十階層にすら行ったことがない。

以前日番谷《ひつがや》さんがベルリアのせいで出現した恐竜達《きょうりゅうたち》は二十五階層より奥のモンスターだといっていたから、なんとかなるか？

「みんな聞いてくれ。今確認したけど、ここは二十階層エリアみたいだ。上に登る階段まではかなり距離があるけど、なんとかたどり着いて上に登るしかない」

「ええっ。二十階層って俺まだアイアンランクになったばっかりなんだぞ。それって無理だろ」

「ははっ、二十階層か。俺死んだな。短い人生だった。一度でいいから彼女《かのじょ》とカフェでデートしてみたかった」

「二人共しっかりしてくれ。絶対に大丈夫だ。俺とサーバントで絶対に帰る。真司と隼人も絶対に連れて帰るから大丈夫だ。二人には言ってなかったけど、俺、これまでにエリアボスも二回倒してるんだ。だから二十階層程度何でもない」

「海斗〜」

「おおっ心の友よ〜」

運悪くマップで確認する限りいくつかある階段の丁度中間地点ぐらいに位置している。しかもどこを通っても二十階層エリアより難度の高いエリアを横切ってしまう。

二人にはああ言ったが正直自信は無い。無いがなんとかするしかない。

「シル、ルシェ、ベルリア。すまないが俺に力を貸してくれ。どうにかして上の階へ戻《もど》りたいんだ」

「ご主人様、心配いりません。シルはいつでもご主人様の側にいます。必ず上階へお連れいたします」

「海斗、心配すんなよ。高々二十階層だろ。全く問題ないぞ。辛気《しんき》臭《くさ》い顔するなよ。そんな顔してちゃ悪霊《あくりよう》が寄ってくるぞ、わたしにまかせとけって」

「マイロード、私がいれば大丈夫です。たとえ四十階層であっても問題ありません。おまかせください」

流石は俺のサーバント達だ、本当に頼もしい。

「それじゃあ、ルートはこのルートで行こうと思う。ただしモンスターと交戦しながら進むには遠すぎる。まともにいけば俺と隼人と真司がもたないと思う。少々遠回りになっても構わないから、シル、できる限り敵を避けて進もう。敵を感知したら迂回《うかい》して進むほうがいい。相手に感知された時だけ戦うようにしよう。今後、真司と隼人は後衛に徹《てっ》してくれ。俺とベルリアが前衛に立つから、数が多い時はシルも前に出てくれ」

「わかった。それで頼む」

「皆さんお願いします。邪魔《じゃま》にならない様に頑張《がんば》ります」

隼人と真司も覚悟は決まったようで顔つきが変わった。

恐《おそ》らく俺のサーバント達は二十階層だろうが全く問題ないだろうが、物資も含《ふく》めて極力節約しながら進まなければ、隼人と真司の体力が先に尽《つ》きる。

俺は、まだエリアボス戦等の経験があるが二人はそれがない。

格上モンスターの巣くうこのエリアを歩くだけで精神と体力を削られるはずだ。

こうなった以上俺がなんとかしなければならない。

「ふぅ、ちょっと疲れたな」

階段にむけて歩き始めてから既にかなりの時間が経過しており、スマホを見ると時間は十六時となっている。

朝から潜っているので既に七時間近くが経過している上、相当数の逃走劇《とうそうげき》を演じている為《ため》、体力がかなり削られてしまっている。

「ご主人様、前方に敵モンスター四体です」

「よし、じゃあこっちに逃げるぞ！」

「はあ、はあ、はあ。海斗、装備つけて逃げるの結構きついな」

「頑張れ、まだ半分も来れてないんだ！　走るぞ」

「く〜っ。こんな事なら普段から走ってればよかった」

「ご主人様、もう大丈夫です、追ってきていません」

下層に落ちてから同じ事を何度も繰り返している。

逃げる度に迂回をしているので、なかなか目的の階段までの距離が詰まらない。

正直かなり焦りを感じているが、表情には出さない様に意識する。

「海斗、まだまだかかりそうだな。今日中に戻るのは無理じゃないか」

「う〜ん。まあ出来るだけ進んでみてダメだったら、ダンジョンで野宿するか。俺的にはエキストラベッドより広くていいかもな」

「海斗は、すげーな。この状況で冗談《じょうだん》言えるんだからな。尊敬するよ」

「いや、結構本気だぞ」

まあ、いくら小さくてもふかふかのベッドとダンジョンの床では勝負にならないが。

「ご主人様、正面に三体です」

「よし、じゃあこっちに逃げるぞ」

右折方向に逃げるべく全員で駆け出そうとするが、再びシルが声をあげる。

「ご主人様待ってください。こちらにも敵の反応があります。挟《はさ》まれました」

遂《つい》に来たか。ここまで避けてこれただけでも奇跡的《きせきてき》だ。やるしかない。

「シル、敵が見えたら『鉄壁《てっぺき》の乙女《おとめ》』を頼む。ベルリアと俺で敵を討《う》つぞ！　ルシェも敵を見定めて攻撃してくれ。真司と隼人は後方から援護《えんご》を頼む」

俺達が覚悟を決め陣形《じんけい》を整えて待ち構えていると前後から現れたのは武装したオーガだった。オーガだが隠しダンジョンにいた奴同様通常のオーガよりもでかい。

後ろから三体、前から二体の計五体が相手だ。

「とりあえず、先に二体を潰《つぶ》すから、後ろの三体は真司と隼人が牽制して時間を稼《かせ》いでくれ」

俺はベルリアとアイコンタクトを取りタイミングを計って前方の二体に向かって駆け出す。

最初からナイトブリンガーの能力を発動した状態で突《つ》っ込む。

隠密《おんみつ》状態からバルザードを構えて斬撃を放つが、あっさりとかわされてしまった。

見えてるのか⁉

ナイトブリンガーを発動してのバルザードの斬撃は、ほぼステルス攻撃に近いので今まで避けられた事は、ほとんどなかった。

それがこのオーガには、あっさりとかわされてしまった。

俺は警戒を強めて距離を保ちながら移動を試みるが、オーガの視線が俺を捉《とら》えている。

やはり見えてるのか？

ただよく見ると俺のいる場所より若干《じゃっかん》視線がずれている気がするので、完全に見えている訳ではない様だ。

もしかしてレベルの高い敵には認識《にんしき》阻害《そがい》の効果が薄《うす》まるのか？　それとも俺とのレベル差の問題か？

ただ全く効果がない訳ではない様なので、今度は俺自身の気配にも気を配り、出来るだけ気配を薄める。

ナイトブリンガーとの隠密コンボを期待して慎重《しんちょう》に音を立てない様に移動するが先程よりもオーガの反応が鈍《にぶ》い。

一応視線が追っては来ているが、何となくしか追えていない気がする。

恐らくこれならいける。

俺は再度移動し、その直後にバルザードの斬撃を飛ばす。

今度は避けられることはなく、命中したが全身を覆《おお》っている防具に阻害《そがい》されて致命傷《ちめいしょう》には至らなかったようだ。

恐らくこのままでは埒が明かない。

『ウォーターボール』

俺は魔氷剣を出現させてから、すぐさま斬撃を放った。

斬撃を放つと同時に気配を薄めたまま、オーガの後方に素早く走り込み背後から飛び込みながら魔氷剣を突き刺した。

防具に弾かれない様に込めるイメージは切断。

背中から貫《つらぬ》いた刃《やいば》をそのまま横薙《な》ぎに振《ふ》るい、胴体《どうたい》を斬《き》って落とそうとするがオーガの筋肉の鎧《よろい》で魔氷剣が止まる。

すぐさま魔氷剣を引き抜き、再び身体で押し込みながら切断のイメージをのせ断《た》ち切る。

「ふ〜っ」

時間的にはそれほど経過していないが、かなり疲れた。今まで魔氷剣に切断のイメージをのせ断ち切れなかったことなどほとんどなかった。

今回アイテムやスキルに助けられてどうにか勝つことはできたが、基本的なレベルは明らかにオーガの方が上だと感じる。

集中して臨《のぞ》まないと一発でやられる。

俺は息を整え次の敵に向かう。

一体を消滅させたが、ベルリアは、まだオーガと交戦している。

ベルリアとの交戦を見てもやはり今までのモンスターよりも手強《てごわ》い。

それにベルリアとは身体の大きさが違《ちが》いすぎる。

恐らくパワーはオーガが上だろう。

ベルリアがバスタードソードで受け流して応戦しており、何度か相手に斬りつけてはいるが、防具に阻《はば》まれている。

余計な手出しかとも思ったが、理力の手袋の力を使い、オーガの手首を掴んでやった。

大きすぎて引き倒すことはできないが、オーガの動きが止まった一瞬を見逃《みのが》さずベルリアが『アクセルブースト』を使いオーガの腕《うで》を切断し、返す刀で再度『アクセルブースト』を発動して、隙《すき》だらけになった胴体をぶった斬った。

「マイロードご助力ありがとうございます」

「次行くぞ！」

流石に隙をつけばベルリアが強さを発揮するが、体格差があり、余り相性が良いとは言えない。

後方の三体に意識を移しすぐに戦闘へと向かうが、そのうちの一体は既にルシェにより葬《ほうむ》り去られていた。

『鉄壁の乙女』により攻撃は完全にシャットアウトされているが、真司と隼人の持っている魔核銃では屈強《くっきょう》なオーガの装甲《そうこう》を突破《とっぱ》することは出来ずに、ほとんど一方的に攻めたてられている。

倒した一体は光のサークルに阻まれている所をルシェが仕留めたようだ。

今の状態では『鉄壁の乙女』の効果が切れるとまずい。

「ベルリア、右の奴を頼む。真司、隼人、左の奴を集中攻撃だ。ルシェはベルリアのフォローをしてくれ」

ベルリアに右のオーガをまかせて俺は左のオーガを倒しに向かう。

俺単独では、見切られる可能性があるので真司と隼人に注意を引いてもらう。

『必中投撃』

隼人はメインウエポンの槍を投げて勝負をかける。

槍は防具の上から刺さったが、本体への貫通《かんつう》までは至らなかったようで、オーガの胴体に突き刺さったままになっている。

槍が刺さったままオーガが攻撃を試みる。

「うおおおぉぉおお～！」

真司がそれに呼応して打って出た。

動きの鈍ったオーガに対して二刀流で攻めて攻めて攻めまくっているが、力量差がありすぎるので長くは続かないだろう。

「どるあああ～」

真司が踏《ふ》ん張っている合間を縫《ぬ》って、隼人がオーガの顔を狙って釘を投擲《とうてき》して注意を削《そ》ぐ。

二人の援護を受ける事でオーガの意識が完全に俺からは外れた。

焦《あせ》る気持ちを抑《おさ》え気取《けど》られないように素早く背後に回り込んでオーガの背中に魔氷剣を突き入れる。

先程と同じように、切断のイメージをのせ胴体を断ち切り消失させた。

最後の一体はベルリアが相対した瞬間、後方からルシェが獄炎で消し炭にしてしまった。

「ルシェリア姫、ありがとうございます」

「ああ、この程度は問題ないぞ。ベルリア、この程度で苦戦してるようじゃな。もっと励《はげ》めよ」

「はっ。更《さら》に精進《しょうじん》いたします」

「ああ〜助かった〜。やっぱりここのオーガは迫力《はくりょく》が違うよな。俺やばかったよ。斬り結《むす》びながら、ちびりそうだったよ」

「ああ、近距離《きんきょり》からの俺の槍《やり》の投擲でもしとめられなかったしな。かなりやばかった」

「まあ、みんな無事だったからよかったよ。流石に今までの敵より硬《かた》かったな。今回は勝てたけど極力戦闘は避けた方がいいな」

「ああ賛成だ。これと何度も戦闘するのは厳しい」

「勿論《もちろん》そうしよう。俺もそれがいいと思う」

「海斗」

「何だルシェ」

「お腹《なか》が空いた。魔核くれよ」

「ご主人様、私もお願いします」

「マイロード私もお願いします」

「わかったよ」

俺はスライムの魔核を取り出して、それぞれに渡しておいた。

「ああっ、幸せです」「うん、悪くないな」「はい」

この三人は安定というか、本当に空気を読む気がないな。

まあ三人とも活躍してくれたから良いけど。

三人が魔核を食べ終わるのを待ってから、上階への階段を目指すが、思ったように進まない。

モンスターを感知する度に迂回しているので、進んでは退《さ》がるを繰り返している感じだ。

オーガの一団を倒《たお》した感じだと、シルとルシェの力押しで進めなくはないが、真司と隼人の事を考えるとリスクは避《さ》けたいし、数をこなして消耗戦《しょうもうせん》になるとかなり厳しい。

総合的に判断して、時間がかかっても今の方針が最善手だと思い進んでいるが、みんな分かっているから誰《だれ》からも文句の声は上がっていない。

「みんな、相談なんだけど。スマホを確認したら、今十八時だけど、まだ半分ぐらいしか進めてないんだ。無理して進めばもしかしたら深夜に上階に着けるかもしれないけど、俺は後数時間したら今日は休息を取った方がいいと思う」

「休息って、ダンジョンの中でか？」

「そう。今はまだ大丈夫だけど、このまま進み続けたら疲《ひ》労《ろう》で集中力が下がるし、危ないと思う。もしかしたらシルの感知も鈍るかもしれない」

「ご主人様、私は大丈夫ですよ」

「でも、夜中迄《まで》の長時間やった事はないだろ」

「はい」

「だから隼人と真司には悪いんだけど、後二時間ぐらい進んだら、ダンジョンで野宿したいんだ」

「海斗、ダンジョンで野宿する発想がなかった。まさかさっきの冗談が本当になるとは思ってなかった」

「ああ、俺も一緒《いっしょ》で結構疲れてきてたから焦ってたんだ。海斗、お前すごいな。ダンジョンで野宿か〜。ダンジョンキャンプだな。いいんじゃないか」

「よし、じゃあもうちょっと頑張るか！」

その後、モンスターと交戦することなくどうにか二十時を迎《むか》えたので探索《たんさく》を打ち切る。

野宿に適当な場所が良く分かっていないが咄嗟《とっさ》に逃《に》げられる様にオープンスペースに陣《じん》取《ど》ることにした。

見通しが良く逃《のが》れる代わりに四方から攻《せ》められる可能性もあるが、何処《どこ》に決めても一長一短あるので、ここで野宿を始める。

「それじゃあ、シル、今は周囲にモンスターはいないよな」

「はい。大丈夫です」

「シルには、夜中にまたお願いするから一旦送還《いったんそうかん》するな」

「かしこまりました。いつでもお喚《よ》びください」

「それじゃあ、しばらくの間ベルリアに周囲の警戒《けいかい》を頼むよ」

「かしこまりました。おまかせください」

「ルシェは……とりあえず一旦戻《もど》るか」

「なんか引っかかるけど、わかった」

「ベルリアは二十四時までな」

「はい」

「それじゃあ、シルとルシェは、また後でな」

そう言って二人をカードに送還する。

「じゃあ、俺達は晩飯にするか」

「晩飯って言っても、俺飴《おれあめ》ぐらいしか持ってないぞ」

「大丈夫だ。俺がカップラーメン持ってきてる。まあ一個しかないけどな」

そう言って俺はカップラーメンを取り出した。

「おお～。海斗、さすがだな。だけどお湯はどうするんだ?」

「いやこのまま食べるんだよ」

「えっ？　そのままで大丈夫なのか？」

「ああ、前に動画で見つけて俺も実食済みだ。毎日は厳しいけど一回ぐらいなら全然いけるぞ」

「そうなのか。海斗って思ったよりアウトドアというかワイルドだな」

「本当にアウトドアだったら、ボンベとか鍋《なべ》とか持ち込《こ》んで調理してるだろ。それにダンジョンってある意味インドアじゃないか」

「まあ確かに」

「分けたらあんまり無いけど、無いよりましだろ。あとはお菓子《かし》で凌《しの》ぐぞ」

そう言って手で麺《めん》を三等分に割って二人に渡した。

「んんっ！　これ結構いけるな」

「ああ、お菓子みたいなもんだな。俺もこれから常備しようかな」

「まあ口に合ってよかったよ。喉《のど》は少し渇《かわ》くけど明日の事もあるから水分は控《ひか》えめにしてくれよ」

カップ麺をそのまま食べただけなので食事は一～二分で終了《しゅうりょう》してしまった。

トランプもホテルに置いて来てしまったので特にやる事も無いが寝《ね》るには少し早すぎる。

これからどうしようかなと思いながら、鎧を脱《ぬ》いでマントを下に敷《し》いてリュックを枕《まくら》に転がった。

現在二十一時だがこの時間までダンジョンにいた事は今まで一度もない。

夜のダンジョンは意外に明るかった。昼間の明るさと何も変わらないので目が慣れた今は普段《ふだん》よりも明るく感じるぐらいだった。

ただし床は固くて冷たいので敷いたのがマント一枚では心許《こころもと》ない。

「なあ海斗起きてるか?」

隼人が声をかけて来た。流石にこの状況で眠《ねむ》るには早すぎるのだろう。

「ああ、起きてるぞ」

「ダンジョンで野宿した事ある奴《やつ》ってあんまりいないよな」

「そうだな。普通《ふつう》に考えて俺らのレベルじゃ、ほとんどいないだろうな。深層を行くような人達《たち》は泊《と》まりで臨むらしいけど、それはもっとちゃんとした装備だろうな」

「そうだよな。俺さ、こんな状況だけどちょっと嬉《うれ》しいっていうかワクワクしてるんだ」

「嬉しい?」

「これが終わったら、俺はダンジョンで野宿した事があるんだって人に言えるだろ」

「まあ、そうかもな」

「海斗にダンジョンの潜り方教えてもらって、今回ここにもついて来てもらってさ、俺の人生変わったんだ」

「そんな大袈裟《おおげさ》な」

「いや、マジだって。俺中学でもあんまり友達いなかったし、髪《かみ》の色も高校入るタイミングで張り切って茶髪《ちゃぱつ》にしたけど、結局それだけじゃ高校でも変われなかったんだ。毎日中学の時と同じような生活を送ってた。それが今友達二人とダンジョンで野宿だぞ。ちょっと前なら考えられなかった事だよ。俺こういうのにちょっと憧《あこが》れてたんだ。友達とパーティ組んで冒険《ぼうけん》する。夢みたいだろ。俺達今冒険してるよな」

「ああ、たしかに冒険してるな」

「俺もだぜ、海斗。俺も今の状況大変なのはわかってるけど、隼人と一緒で嬉しいんだ。なんか友達とダンジョンで冒険して青春ドラマみたいじゃないか？　俺も中学で怪我《けが》して部活辞《や》めてから今まであんまり変化のない生活してたから、今が楽しくてしょうがないんだ。海斗ありがとうな」

「急になんだよ。俺だってお前らと一緒に潜れてよかったよ。なんか急に感謝されると照れるし、よくある死亡フラグみたいだろ。リアルで死んだら洒落《しゃれ》にならないから、そういうのは無事に帰れるまでやめてくれよ」

「いや、そんなつもりじゃないって。ところで話は変わるけど海斗って王華《おうか》学院受けるのか？」

「ああ、受けるっていうか絶対行くんだけどな」

「葛城《かつらぎ》さんが行くからだよな」

「まあ、そうだ」

「俺も頑張って受けてみようかと思うんだ」

「えっ？　隼人も受けるのか？」

「実は俺も受けようかと」

「真司も？　一体どうした」

「俺達の偏差値《へんさち》だとちょっと頑張らないといけないから迷ってたんだけど、やっぱり大学もこの三人で一緒だと面白《おもしろ》いだろうなと思って」

「俺も今の所決まった目標とかないけど、ダンジョン潜ってて、将来もこれが続くといいなと思ってな。今のところ俺と一緒に潜ってくれるのは隼人しかいないし、これだけサポートしてくれるのも海斗しかいないだろ。あと一年しか続けられないのはもったいないからな。お金もそこそこ稼げて来たし学費ぐらい自分でなんとかなりそうだし」

「そうなのか。そりゃあ俺は二人がまた一緒だと嬉しいけど」

「それに海斗のパーティメンバーの二人も王華学院だろ」

「多分な」

「あの二人もすごく可愛《かわい》かったしな。王華学院って可愛い子が多いな〜ってオープンキャンパスの時思わなかったか？」

「おお、俺もそれは思った」

「お前ら、そんな事考えながら回ってたのか。俺はあの時はそんな余裕《よゆう》はなかったな。なんでか冬でもないのに雪景色が見えたし。あの時は本当に不思議体験だったよ。今考えてもあれは一体なんだったんだろうな。あれ以来俺、不思議体質になってしまったのか時々、雪景色が見えたり、灼熱《しゃくねつ》の光景が見えたり、急に調子崩したりがあるんだよ。ダンジョンに潜りすぎておかしくなったのかな。それともお祓《はら》いでも行ったほうがいいのかな」

「海斗、お前まだ気付いてなかったのか……」

「海斗お前は将来絶対大物になるよ。間違《まちが》いない」

「どういう意味だよ」

「それはそうと俺、ダンジョンから帰ったら前澤《まえさわ》さんに告白してみようかな」

「ええっ!? 本気で言ってるのか真司。そんな事お前にできるのか？」

「ああ、なんかこんな所で夜過ごすと人生について考えさせられるよな」

「急にどうしたんだ。気をしっかり持てよ！」

「いや、そういうんじゃないって。やっぱり人生一回しかないんだなと思ったら、俺このまま明日死んだら絶対後悔《こうかい》するから」

「いや、だから死亡フラグ立てるなって。明日は絶対死なないから。俺が死なせないから大丈夫《だいじょうぶ》だ！　しっかりしろ真司！」

「俺の一番の後悔は十七年間彼女がいなかった事だ。前澤さんが彼女だったら俺は明日死んでも悔《く》いはなかったはずだ」

「真司〜。隼人なんとか言ってやってくれ」

「まあ俺も明日死んだら悔いが残るな。せっかくダンジョンも楽しくなってきたのに今死ぬ訳にはいかないいな」

「だから言ってるだろ、そういうのはダメなんだって」

「俺だって彼女が欲《ほ》しい。帰ったら受付のお姉さんに声をかけてみようかな」

「隼人〜」

「それはそうと海斗も悔いが残らないように告白しといた方がいいぞ」

「いや、俺は死なないから大丈夫だ。変な心配いらないからな」

「ははは。後悔先に立たず？　いや思い立ったら吉日《きちじつ》？　みんな彼女出来るといいなぁ」

　真司たちのフラグが立ちまくっている気がするが大丈夫だよな。フラグなんてものはラノベとか漫画《まんが》の中だけの話だよな。うん、そうに違いない。

「意外にこういうのもいいな。今度から焚火《たきび》でもできるようにガスボンベとか持ってきといたら最高だな。ホテル代も浮《う》くし言う事なしじゃないか」

「確かにな。一日ぐらいならいいかもな～」

「多分ダンジョンで夜通し潜るのって申請《しんせい》がいるんじゃないか？　今日もかなり心配かけてると思うぞ。まあ下層にいるとは思わないだろうから探しようもないだろうけど。よく考えたらホテルのチェックアウトが不味《まず》く無いか？　荷物捨てられないかな」

「多分大丈夫じゃないか、三人で謝《あやま》って許してもらおうぜ」

「ああ、それじゃあ明日もあるしそろそろ寝ようぜ。ベルリア、スマホ渡《わた》しとくから、二十四時になるか、敵が来たらすぐ起こしてくれ」

「かしこまりました」

　話し終えると俺《おれ》はそのまま眠りについた。余り神経質ではないのと、朝からずっと探索していた疲《つか》れで思いの外あっさり眠りにつく事が出来た。

「マイロード、失礼します」

「あ、ああっ。もう時間か。ベルリアそれじゃあ交代だ。休んでくれ」

「はい」

俺はベルリアをカードに戻したが、この後どうしようか考えてみた。

隼人と真司も熟睡《じゅくすい》中のようだ。シル一人に朝までまかせるのは気が引けるが、間違ってもルシェ一人で見張らせる訳にはいかない。

「シルフィー召喚《しょうかん》」

「ご主人様、それでは見張りをさせていただきますね」

「ああ、頼《たの》んだよ。それじゃあこれで四時になったら起こしてくれ」

「かしこまりました」

シルにまかせて再び俺は眠りについた。

「ご主人様」

「ああ、時間か。シル助かったよ。後はまかせてくれ」

「はい、よろしくお願いします」

俺はシルをカードに戻してから、今度はルシェを喚びだす。

「ルシェリア召喚」

「海斗、遂にわたしの出番だな。まかせろって」

「いや、俺も一緒に見張るから大丈夫だ」

「寝てていいぞ。わたしがみてててやるから」

「いや、大丈夫だ。俺も一緒に見張るから」

「なんか感じ悪くないか？　せっかく好意で言ってやってるのに」

「ああ、それは嬉しいよ。でも俺も一緒に見張るからな。嫌《いや》なのか？」

「別に嫌じゃないけど。わかったよ」

俺はルシェ一人にまかせるほど愚《おろ》かではない。好意だろうがなんだろうが、こいつはやらかす。今まで散々やらかしてきているのだから、自分たちの為にも、俺も一緒に見張る。そうでなければどうせ目が冴《さ》えて眠れない。

そこから朝まではルシェと二人で見張り当番をする事になったが、見張りをしているとなぜか春香《はるか》の事を根掘《ねほ》り葉掘《はほ》り聞いてきたので、適当にスルーしておいた。

見張りの間中ルシェがうるさくしていたが二人は全く起きる様子はなかったので、時刻が朝の六時を迎えるのを待ってから真司と隼人を起こす事にした。

「朝だぞ、起きろ。そろそろ探索を開始するぞ」

「う、う〜ん。もう朝か」

「俺疲《おれつか》れて熟睡してた。案外ダンジョンでも寝れるもんだな」

「俺もだ。流石《さすが》ダンジョン、物音一つしなかったんじゃないか」

隼人、ずっとルシェがうるさくしていたけどな。

「よし、それじゃあ準備してさっさと出発するぞ。出来れば早い時間帯に上層に戻りたいからな」

「おう、そうだな」

「よし、頑張るか～」

三人共マントを装着してから荷物を背負い探索を開始する。

「シルフィー召喚。ちょっと休む時間が短いかもしれないけど、シルが居ないと探索進まないからな。頼んだぞ」

「はい。ご主人様に頼《たよ》っていただいて嬉しいです。全く問題ありません」

「ルシェはどうする？　ちょっと休むか？」

「シルが頑張ってるのに姉のわたしが休むわけにいかないだろ」

だからルシェ、お前は姉じゃなくてどう考えても妹だろ。

「そうか、じゃあ頑張って行こうか」

「ご主人様、ベルリアは召喚しないのですか？」

「あっ、忘れてた」

朝が早かったせいで頭が働いていないのかもしれない。

「ベルリア召喚。ベルリア、今日も一日頼んだぞ」

「はい。頑張ります」

全員揃《そろ》って準備も終わったので、マップを確認して早速《さっそく》出発する。

昨日の内に半分よりも進んでいるので順調にいけば、今日の昼過ぎぐらいには上階へ出られると思う。

現在地は二十二階層エリアだが、目的地の階段までは最高で二十四階層エリアに足を踏み入れる必要があるので注意して臨みたい。

「海斗、見張りもしてくれたんだよな。ありがとうな」

「俺も見張りをしようと思ってたんだけど朝まで目が覚めなかった」

「まあ、ダンジョンで寝ながら見張りなんてなかなか無いからな。まあいい経験になったよ」

「ご主人様、敵モンスターです。右方向から来ています」

「よし、みんな前方に走るぞ！」

昨日に引き続き、今日の作戦もシルが感知したらとにかく逃げるだ。昨日もこれで被害《ひがい》なくいけたので格好悪くてもこの作戦を今日一日続けるつもりだ。

「朝から全速力で走ると流石に堪えるな」

「ああ朝一は身体が動かない」

「それは言えてるな。こんな時間から探索した事ないし。準備運動でもしとけばよかったかな」

「まあ、今走ったので準備運動完了《かんりよう》だろ」

「早朝ダンジョンって誰もいなくて静かだし、爽《さわ》やかでいいかもしれないな」

「健康のために朝ダンジョンいいかもしれない」

「ははっ。もう三人とも完全にダンジョン中毒者だな」

「海斗の影響大《えいきようだい》だな」

「うん。間違いないな。俺達《おれたち》にも海斗の病気がうつっちゃったな」

「いや、俺は病気じゃないけどな」

「ははっ、でも夜はモンスターの襲撃《しゆうげき》なかったんだな」

「おお、俺もモンスターって夜行性なのかと思って心配してたけど、実際は夜はモンスターも寝てるのかもな」

言われてみると、夜はルシェがうるさい以外は物音一つしなかった。運良くいたエリアに夜行性のモンスターがいなかったのかもしれないが、そもそもモンスターの生態がよくわかっていないので何とも言えない。

その後も、モンスターから逃げつつ階段への距離《きょり》を詰《つ》めていき、現在地はついに二十四階層エリアだ。

「ご主人様、正面からモンスター四体です」

「よし、みんな左に入って逃げるぞ」

俺達は正面のモンスターを避け左側に走って逃げる。

「ご主人様正面からも三体です」

「よし挟まれないように右折するぞ」

こんなところで挟まれてはたまらないので急いで右折して逃げる。

「ご主人様、また正面から別のモンスターが四体来ています」

この先に逃げ道《みち》はない。後方には恐らく、先程《さきほど》のモンスターのどちらかが追って来てるだろうから、今更《いまさら》引き返す事は出来ない。

ただ正面を突破するにしても、交戦している間に追いつかれて挟撃《きょうげき》される恐れがある。

まずいな。ここは二十四階層エリア、真司と隼人にモンスターの相手は荷が重すぎる。

どうにか敵モンスターから逃げ切ろうと走るが完全に挟まれてしまった。

「くっ、これ以上は無理か」

正面に四体、後方には少なくとも三体以上が追って来ている。

このまま、交戦せずに逃げ切るのは、ほぼ不可能だろう。後ろからのモンスターに追いつかれる前に抜《ぬ》けるぞ。

「みんな、正面突破するぞ、速攻《そっこう》で決める。どんなモンスターかわからないけど、目に入ったら速攻しかない。右をシル、真ん中をルシェ、もう一体をベルリア、一番左を俺と真司と隼人で仕留める。仕留めたらすぐに逃げるぞ。出し惜《お》しみはなしだ」

前方に向かって駆《か》けながら敵に攻撃《こうげき》する態勢を取る。

前方から現れたのは大きな亀《かめ》のモンスター。甲羅《こうら》からは巨大《きょだい》な氷の刃を突き出している。

まずい。シルとルシェは問題ないとおもうけど、俺達とは相性《あいしょう》が悪い。

『必中投撃』

俺が躊躇《ちゅうちょ》している間に前方の亀に向けて隼人が槍を投げた。

勢い良く放たれた槍が亀の甲羅に当たり弾かれた。

そうなるよな……。

「ああっ、俺の槍が～」

「隼人、ナイフとかでベルリアの相手を牽制《けんせい》してくれ。真司は俺の相手を魔核銃《まかくじゅう》で一緒に攻撃してくれ」

俺はバルザードの斬撃を亀の頭を狙《ねら》って放つ。

命中と同時に炸裂音《さくれつおん》が聞こえるが、亀の頭に裂傷《れっしょう》を負わせたものの亀は健在だった。

どうやらこの亀は頭にまで装甲を纏《まと》っているらしい。

真司も絶え間なく魔核銃を放つがほとんどダメージを入れることができない。

思った通り相性が悪い。倒すには近距離からバルザードをねじ込むしかないな。

「真司、俺は突っ込むから援護《えんご》頼《たの》む」

前方に向かって駆け出そうとした瞬間《しゅんかん》、亀のモンスターが大きく口を開いた。

「真司やばい。よけろ！」

危険な感じがしたので、真司にも指示を出してから横に飛び退《の》くが、さっきまでいた所に氷の刃が降り注ぐ。

どうにか躱《かわ》すことが出来たが、流石二十四階層といったところだろう。同じ氷でも俺の『ウォーターボール』の威力《いりょく》とは比較《ひかく》にならない。

「おいっ海斗、モンスターが魔法《まほう》使ってきたぞ！　こんなのありか？」

「下層に行けば普通に魔法使ってくるモンスターもいるんだ。真司はとにかく正面に立たないようにして逃げろ」

俺は即座《そくざ》にナイトブリンガーの能力も発動して亀へと向かうが、やはりある程度探知されているようで攻撃をしかけてくる。

先程と同じように口を開いて攻撃してくるが、どうやら開いた口の直線上に攻撃の効果が現れるようなので、大きく避ける。

避ける際に隣《となり》のベルリアが目に入ったが、近距離から亀のモンスターに斬り付けているものの、敵が警戒して甲羅の中に頭を引っ込めているせいで致命傷は与《あた》えるに至っていないようだ。

俺も頭を引っ込められる前に仕留める必要がある。

攻撃の合間を見計らい魔氷剣を発動させ、そのまま亀の側面に向かって走り抜けてから、一気に亀の側頭部に氷の刃を突《つ》き入れた。硬い装甲に覆われているのでイメージは貫通と切断。

突き刺さった状態から一気に頭を落とす。かなりの抵抗《ていこう》感があったが、何とか切断しきることが出来た。

シルとルシェは既《すで》に相手を葬り去ったようだが、ベルリアはまだ苦戦している。

頭を引っ込めた状態でも魔法を放てるようで、正面から頭に剣を突き入れる事は出来そうにない。ベルリアはどうにか『アクセルブースト』を使って甲羅ごとぶった斬ろうとしている。かなりの硬度《こうど》と大きさなので剣がもつのか心配になったが、何度か繰《く》り返してどうにか倒すことが出来たようだ。

　これでようやく抜けられると気を抜いた瞬間、シルが警告してくれる。

「ご主人様、後方から敵が迫《せま》っています。七体ですが逃げるには距離が近すぎて追いつかれます」

　おいおい、七体ってさっきの二方向の敵が合流してるじゃないか。

　真司、隼人、お前らが昨日あんな事を言うから本当にやばくなって来たぞ！

　俺は絶対誰も死なせる気はないけど、隼人と真司の立てたフラグのせいなのか、七体の上位モンスターに追い詰められようとしている。

　昨日約束したように何がなんでも全員でこの窮地《きゅうち》を乗り越《こ》えてみせる。

「シル、ルシエ、とにかく目の前の敵を倒してくれ。真司と隼人はサポートに徹《てっ》してくれよ。ヤバかったらとにかく全力で逃げろ！　ベルリアも頼んだぞ」

　覚悟《かくご》を決めて俺とベルリアが前衛に立ち、敵モンスターを待ち構える。

　すぐに敵が現れたが、先程の氷の刃を背負った亀が一体、銀色の毛並みの大型の虎《とら》が二体、岩で覆われた様な鎧を纏った蜥蜴《とかげ》型のモンスターが二体。羽から炎を吹《ふ》き上げている鳥型が二体だ。

　この組み合わせは、何となくゲームとかに出てくる四聖獣《しせいじゅう》っぽい。ただ蜥蜴はドラゴンぽくはないし、どのモンスターも四聖獣の遠い親戚《しんせき》の集まりの様だ。

一つ言えるのは、俺とベルリアには相性が悪い相手が多そうだ。

『ウォーターボール』

俺は再び魔氷剣を発動して身構える。

ベルリアは相性の悪い亀型は避け虎型に向かう。俺も虎型と鳥型にターゲットを絞《しぼ》り、速度の遅《おそ》い、亀型と蜥蜴型は後衛にまかせる。

虎型は獣タイプだけあって素早《すばや》い。

見た目で言うとシルバータイガーといった所だが大型の虎は単純に怖《こわ》い。

迫ってくるシルバータイガーに対して魔氷剣の斬撃を飛ばすが、かわされてしまった。

ゆっくり近付いて来る蜥蜴型にシルの『神の雷撃《らいげき》』が降り注ぐが、かなり装甲に損傷が見られるものの、まだ動いている。岩の装甲と雷撃の相性が良くないのかもしれないが岩に対しては獄炎《ごくえん》も同じく効果が半減するかもしれない。

とにかく俺は眼前の虎型を倒さなければならないが動きを捉《とら》えきれない。

後方から真司が魔核銃を放って、足止めを試みるが、これも普通に避けられた。

俺が攻撃に掛《か》かろうとした所に今度は鳥型が燃え盛る羽を飛ばして来た。

慌《あわ》てて回避《かいひ》するがこのままではいずれ食《く》らってしまう。

「シル、ルシエ、先に虎型と鳥型を頼む。ベルリア、俺たちは蜥蜴型にターゲットを変えるぞ。真司と隼人は鳥型を牽制してくれ」

　相性と効率を重視してターゲットをスイッチする。

　隼人は俺の指示に従い『必中投擲』を駆使《くし》して鳥型を牽制してくれる。スキルのおかげで命中はしているが、釘《くぎ》では威力が足りない様で、そこまでダメージを与えている感じではない。

　俺は、ターゲットの蜥蜴型に近づいて斬《き》りつけようとするが、俺を前にして蜥蜴が口を開いた。

　爬虫類《はちゅうるい》なのでブレスか？　と思ったが飛んできたのは唾液《だえき》だった。反射的に左方向に避けるが、飛沫《しぶき》がマントにかかってしまった。飛沫がかかった部分からは煙《けむり》が上がっている。煙を見て一瞬《いっしゅん》火か？　と思ったがよく見ると、マントに細かい穴が空いている。どうやら溶解液《ようかいえき》の様だ。

　以前この特殊《とくしゅ》素材のマントは炎から俺を守ってくれたが、残念ながらこのレベルの溶解液には耐性《たいせい》が薄《うす》いらしい。

「俺のマント、高かったんだぞ！」

　そのまま前方へと踏み込み魔氷剣を振《ふ》るうが、岩の鎧《よろい》に防がれ完全に断《た》ち切ることが出来なかった。

「マイロードのマントに傷をつけるなど捨て置けません。『アクセルブースト』」

ベルリアの加速した一撃《いちげき》が反対側から蜥蜴型を捉える。

『バキイイィン』

ベルリアのバスタードソードが蜥蜴型の胴体《どうたい》にささり根元から折れた。

「ベルリア下がれ！　これでどうだ」

俺は途中《とちゅう》で止まった魔氷剣に体重を乗せ、さらに切断のイメージを重ねる。

魔氷剣の刃《やいば》が肉を断ちモンスターを消滅《しょうめつ》させる。

「くっ、マイロードに頂いた剣がっ！」

どうにか俺は蜥蜴型のモンスター一体を撃退《げきたい》することに成功したが、今の戦闘《せんとう》でベルリアの手にするバスタードソードが完全に折れてしまった。

先程の亀型を倒すのにもかなりの負荷《ふか》がかかっていたのだと思うが、この蜥蜴型も異様に硬かった。魔氷剣でも一気に切断することは出来なかった。

ベルリアも同じく硬くて歯が立たない所を無理やり剣技と『アクセルブースト』を使用してねじ込んでいた。結果百万円のバスタードソードの耐久力《たいきゅうりょく》を超《こ》えてしまったという事だろう。

恐《おそ》らくベルリアの『アクセルブースト』を最大限活《い》かすにはもう少し硬度の高い剣が必

要なのだろうが、残念な事にそんな剣は値段も高い……。

いずれにしてもベルリアが戦力から外れたのは痛い。

「真司、亀型の足止めを頼む！　逃げながらでいいから」

どう考えても、こちらの手数が足りないので真司に足止めを頼むが氷刃魔法《ひょうじんまほう》で攻撃してくるので危険だ。

俺は再び、もう一体の蜥蜴型に挑《いど》むが、先程の戦いを警戒して溶解液を吐《は》きまくっていて近づく事が出来ない。

真司に目をやると槌《つち》を振り回して亀型に対抗《たいこう》しようとしているが、大きなダメージは与えることが出来ていない。

「おお〜おっ、やべ〜。魔法がやばい。海斗、マントに穴が、穴が空いたぞ！」

真司が氷刃魔法を避けた瞬間いくつかがマントにかすった様でしっかりと裂《さ》けていた。

真司、マントは裂けるものなんだよ。穴も空くし、燃えもするんだ。形あるものはいずれ無くなるんだ。

いずれにしても真司では長くは持たない。

「そうだ、師匠《ししょう》これ使ってください」

そう言って真司はサブウエポンの双剣《そうけん》をベルリアに投げて寄越《よこ》した。

真司にしては素晴《すば》らしい機転だが、ベルリアって双剣使えるのか？

俺は目の前の敵に集中する。

この溶解液をどうすればいい？　時間をかければかけるほど、状況《じょうきょう》が悪くなる可能性がある。

俺はナイトブリンガーの効果を再度発動してから側面に回ろうとするが、反応されてしまう。やはりこのレベルの相手にはナイトブリンガーの効果が薄い。

意を決して、反対方向に回り込んだ瞬間、すでに穴が空いてしまったマントを蟷螂型の頭部に向かって投げつけた。

放たれる溶解液でマントが溶《と》けていくが、その瞬間俺への攻撃は弱まった。

マントは一枚しかないのでこの機会《チャンス》を逃すことはできない。

一気に踏《ふ》み込んで、魔氷剣を叩《たた》き込む。

先程と同じく一度では切断し切れないが、想定済みなので慌てる事なく追撃《ついげき》をかけ、切り口に攻撃を重ね、蟷螂型の頭を落とす。

やはり硬《かた》いが、なんとか倒せた。後は亀型だが、真司とスイッチしてベルリアが相手をしていた。

双剣を構えて、連撃を繰り出している。

真司の二刀流とは明らかに違《ちが》い洗練された動きだ。

闇雲《やみくも》に振り回すのではなく、二刀共に剣技として成立した一撃を繰り出している。

ただ手数で圧倒しているものの、やはり威力が足りない様で致命傷《ちめいしょう》は与えられていない。

手伝おうと歩を向けた瞬間、ベルリアが『アクセルブースト』を発動した。

それも一刀でなく二刀共に発動した様で一刀目の攻撃が当たった瞬間二刀目を繰り出して、そのまま亀型の頭を落とし切ってしまった。

「ベルリア、凄《すご》いな」

流れる様な高速の連撃に思わず声が出てしまった。

今まで二刀流という発想がなかったが、ベルリアにはこちらの方が向いているのかもしれない。

威力が落ちる部分を、手数で補えるし、『アクセルブースト』も連続使用できるのであれば威力は跳《は》ね上がるだろう。

「墜《お》ちなさい。『神の雷撃』」

「猫風情《ねこふぜい》が調子に乗ってチョロチョロするな。『破滅《はめつ》の獄炎』」

シルとルシェの方を見ると、無事にモンスターを倒《たお》し切っていた。

「真司、隼人、大丈夫か?」

「ああ、俺はマントに穴が空いた以外は大丈夫だ」

「俺は、槍《やり》が溶けた……」

「はっ？　槍が溶けたって、一体……」

「『必中投擊』で燃えてる鳥に投げつけたら命中する瞬間に炎が増して、槍が溶けちゃった。俺の自慢《じまん》の武器が……」

　今回の戦いで、真司と俺のマント、ベルリアのバスタードソード、そして隼人の槍がお亡《な》くなりになってしまったが、俺達自身には被害はゼロ。二十四階層の敵十一体を相手にこの戦果であれば上出来ではないだろうか。

　損害は痛いには痛いが、お亡くなりになったのが俺らのうちの誰《だれ》かではなく装備でよかった。

　真司と隼人にはきつく言っておかなければならない。

　もう二度と死亡フラグは立てるなと。

「ご主人様、お腹《なか》がすきました」

「連発したらいつもよりお腹が空いた。早くちょうだい。いっぱいちょうだい。なんならさっきの大きいのでもいいぞ」

「マイロード、剣を折ってしまった身で誠《まこと》に申し上げにくいのですが、私にもお願いします」

いつもの様にサーバント三人が魔核《まかく》を催促《さいそく》してきたが今回は、二十四階層のモンスター相手にしっかりと頑張《がんば》ってくれたので、奮発して少し前に倒したビッグスライムの魔核を渡しておいた。

「おおっ、いつものより大きい。やっぱり大きいと味も違うな」

「そうですね。赤い魔核には劣《おと》りますが、これもなかなかです」

やはり同じスライムでもビッグスライムの魔核は一味違うらしい。

「マイロード、魔核をいただいた後に申し訳ありませんが、剣を折ってしまった私に罰《ばつ》をお与えください」

「いや、普通に戦って折れたんだから仕方がない。罰なんかあるわけ無いだろ」

「ありがとうございます。ただ私は騎士《きし》ですので剣が無ければお役に立てません。今は真司様に剣を借りていますが、いずれ自分の剣が必要になるのですが」

「わかってるって。戻《もど》ったら新しい剣を買うよ」

「おおっ、マイロード、それでは今度は魔剣《まけん》を！」

「いや、それは無理」

「マイロード！」

「いや絶対無理」

ベルリアが物欲《ものほ》しそうに見てくるが無理なものは無理だ。

「ベルリア、形あるものはいつか壊《こわ》れるんだ。それが魔剣であってもだ。つまり魔剣であっても、普通の剣であっても根源的には同じ事なんだぞ。魔剣にこだわるのは良くない。ベルリアの技量であれば、普通の剣であっても魔剣を超えることができるはずだ」

「わかりました。マイロードがそこまで私の事を評価してくれているとは。一層精進《しょうじん》して頑張ります」

まあ、いつの日かベルリアには魔剣を購入《こうにゅう》してやろうと思うが、それは大分先の話だろう。

「それじゃあみんな、急いでこのエリアを抜けよう。ベルリアはそのまま真司の武器を借りるとして、隼人は戦闘になったらとにかく後方支援《しえん》に徹してくれ」

俺達は手許《てもと》にある武器でどうにか態勢を整えて上階への階段へと向かった。

シルの声に従って、回避を続けながら進んでいったが、途中で運悪く高速移動する鳥型のモンスターに追いつかれてしまい戦闘となったが、シルの『鉄壁《てっぺき》の乙女《おとめ》』とルシェの『破滅の獄炎』を連発してどうにか難を逃《のが》れることができた。

「もう十二時か〜。マップで見る限りあと少しだと思うんだけどな。そろそろ休みたい所だけど、階段のところまで一気に進んでしまおうか」

恐らく、距離的《きよりてき》には、あと一時間もあれば到着《とうちゃく》する位置まで来ているはずなので、疲労《ひろう》感はあるが強行軍で臨《のぞ》むことにした。

「海斗、疲れたな～。今更だけど海斗はその鎧着けて歩いて疲れないのか？」

「そりゃあ、少しは疲れるけど、軽量化の術式が施《ほどこ》されてるみたいで見た目ほど重くはないんだ」

「そうなのか。軽量化の術式ってなんかカッコいいな。俺もいつか同じ様な鎧が欲しいな～」

「ああ、俺も欲しいな。海斗見てると恥《は》ずかしさを飛び越えて、欲しくなるよな」

褒《ほ》められているのかよくわからないが、将来同じ様な装備の三人が並んで探索《たんさく》している事を思《おも》い浮かべるとなんか笑えてきた。

「ご主人様、階段が見えます」

シルの声に反応して全員で前方を凝視《ぎょうし》するが俺にはよくわからない。

「マイロード、ようやく着いたようですね」

ベルリアにも見えるらしい。やはり人間とサーバントでは視力も違うのかもしれない。

しばらく歩を進めると、ようやく俺にも目視できる様になってきた。

上層へ上がる階段だ！

「真司、隼人、やったな。戻って来たぞ」

「おお～遂《つい》に戻ってこれたよ～」

「流石に疲れたな～。早く行こうぜ」

階段が目視出来たことにより俺達三人のテンションは一気に上がり、階段まで全速力で走ってそのまま上階に登り切った。

長かった下層での探索がようやく終わりを告げたようだ。誰も怪我《けが》する事なくここまで戻って来れて本当によかった。正直ここまで結構いっぱいいっぱいだった。

あとは、地上に戻るだけだ。

「みんな、後は戻るだけだけど、このまま最短で出口まで戻る？　それとも上階の探索を少し進めてから帰る？」

「海斗～。お前元気すぎるだろ。俺はもう限界だからすぐ帰る」

「完全なダンジョン中毒だな。それも末期だぞ。帰ったら即《そく》、病院行ったほうが良いかも知れん」

二人から失礼な答えが返ってきたが、俺も疲れたので、このままおとなしく帰ることにした。

下層から抜けて既に一時間ぐらいは経過しているが、そろそろ地上への出入口が近い。

地上に出たらギルドとホテルにすぐ行く必要がある。

今回の事情説明と荷物を取りにいかないといけないからだ。

「海斗、あれ出口じゃないか？」

「おおっ本当だな。昨日見た出口だよ。ようやく着いたな」

「久々の外界だよ。長かった～」

ようやく俺たち三人は出口への階段を見つけて、地上へと出た。

「外の明るさはやっぱりいいな」

「そうだな。ダンジョン滞在《たいざい》二十六時間か～。流石に長かった」

「今度ダンジョンキャンプするときはいつものダンジョンの一階層がいいかもな」

「あ～たしかにあそこならゆっくりできそうだ」

俺達は地上へと出た足でそのまますぐに探索者ギルドへ向かった。

「あの～すいません」

昨日の受付の人を見つけて声をかけた。

「あ～っ！」

声をかけた瞬間大きな声で反応が返って来た。

「高木《たかぎ》様ですよね。心配したんですよ。昨日、ギルドへの報告がなかったので、ダンジョンでなにかあったのかと思いました。いったいどうしてたんですか？」

「それが、下層に落ちてしまいまして。抜け出すのに今までかかってしまいました」

「高木様、ちょっといいですか？　言ってる意味がわからないのですが」

「すいません。何がわからなかったですか？」

「いいえ、全部です。下層に落ちてしまったという意味がわからないです。おまけに今までかかったって事はダンジョンで一夜過ごしたって事ですか？」

「はい。そうですよ。わかってるじゃないですか」

「いいえわかりません。下層に落ちたって、どこからどこにどうやって落ちたんですか？」

「あ〜それがですね。九階層付近から下の二十階層付近に落ちました」

「落ちたって……今までに九階層エリアに落とし穴があるとは聞いたことがないのですが」

「落とし穴に落ちたんではないんですよ。穴に落ちたんです」

「高木様、やっぱり言っている意味がわかりません。落とし穴ではない穴に落ちたってどういう意味ですか？」

「それについては誠に申し上げ難《にく》いのですが、床《ゆか》に穴が空きまして」

「穴が空いた？」

「いや、正確には穴を空けてしまいまして」

「穴を空けてしまった？」

「はい。そうです」

「ちょっと待ってください。ダンジョンの床ってそう簡単に穴が空くようなものではないですよ。一体何をしたのですか？」

「それがですね、非常に言い難いのですが、うちのサーバントが、ちょっと張り切っちゃってですね。床に穴を空けちゃったんです」

「空けちゃったって……。いくらサーバントでも床に穴を空けるなんて聞いたことがないですよ」

「そう言われても本当に空けちゃったんですよね。でも大丈夫《だいじょうぶ》です。穴は自動修復したみたいで綺麗《きれい》に閉じているので大丈夫です」

「大丈夫って何が大丈夫なのかよくわかりませんが、その話が本当だとして二十階層付近に落ちてしまったんですよね」

「はい。そうです」

「高木様のパーティは臨時パーティでブロンズランクとアイアンランクがお二人ですよね」

「その通りです」

「いくらなんでも、ブロンズランク以下の三人パーティで下層エリアから戻ってくるのは無理でしょう。本当のことを言ってください。処分したりしませんから」

「そう言われても本当なんですよ。な～真司」

「はい。間違《まちが》いないです。全部本当の事です。隼人も言ってやってくれ」

「そうです。海斗の言ってた事は全部本当です。下層で野宿して、今日は朝から銀色の虎とか燃える鳥とか氷の刃の亀とかと戦って必死に逃《に》げて来たんですよ」

「からかってますか？　ブロンズ以下の方々がそんなモンスターと戦って逃げ延《の》びれるわけがないじゃないですか。しかも下層で野宿ですか？　相当高ランクの探索者しかそんなことできませんよ」

「本当なんですけどね～。そうだ、魔核があります。下層の分は全部で二十一個あるんですけど、見てください」

そう言って俺《おれ》はリュックから下層の魔核二十一個を取り出して見せた。

「これですか？　えっ！」

受付のお姉さんは魔核を見て驚《おどろ》いた様な表情を見せている。

「高木様、この魔核は一体……」

「いや、さっき説明した通り下層で手に入れた魔核です」

「少しお待ち下さい」

そう言うと、お姉さんは一心不乱に渡《わた》した二十一個の魔核を識別し始めた。

「どういう事なのですか？　信じられません。本当に全部二十階層以上のモンスターのものです。九万円の魔核が四個、十万円の魔核が三個、十二万円の魔核が十四個もあります」

恐竜《きょうりゅう》の魔核ほどではないが、かなりの高額買取だ。全部で二百三十四万円もあるが、三人で分けると一人百万円にもならない。ベルリアの剣一本分に及《およ》ばない。完全に赤字だ……。

「そうですか。だから言った通り下層に落ちて戻って来たんですよ」

「信じがたいことですが本当だったんですね。でも、皆様《みなさま》のレベルではこのモンスターを二十体以上倒すことは難しいと思うのですが。いえでもサーバント……」

「まあそこは企業《きぎょう》秘密という奴《やつ》です。でも、さすがに疲《つか》れました。ホテルに寄ってから帰ろうと思うので、買取金を三分割《ぶんかつ》でお願いします」

「おいおい、海斗三分割はあり得ないだろ」

「えっ？　じゃあどうすればいいんだよ」

「せめて六分割だろ」

「そうそう」

「六分割？　シル達《たち》の分って事か？」

「そうだよ。本当は、ほとんど海斗達《たち》の手柄《てがら》だけど、俺らも必要経費ぐらいは欲《ほ》しいから海斗が四で俺らが一ずつな」

「いやそれは流石にまずいだろ」

「いや当然だろ」

「海斗達がいなかったら俺達死んでたしな」

「そう言うなら俺が三で二人で三でいこう。それがいい」

「まあ海斗がそれでいいなら、俺はいいけど」

「俺も槍が溶けちゃったから、六十万近く貰《もら》えるなら言う事ないよ」

「じゃあそれでお願いします」

これで俺の取り分は百十七万円となりベルリアの剣と俺のマントの購入金額とほぼ同額だ。ランクによる割増と購入時の還付《かんぷ》を考えると若干《じゃっかん》プラスになっている。

初日の分も足すと今回それなりに稼《かせ》げた気がする。頑張ったのに赤字じゃなくてよかった。

「それじゃあホテルに行こうか」

ギルドを出てから三人でホテルダンジョンシティへむかったが、フロントの人も心配してくれていたようで特に怒《おこ》られるようなこともなかったので、しっかりとお礼を言ってから荷物を受け取り、その足で家に帰ることにした。

来るときは荷物を送っていた真司と隼人だったが、バタバタしたせいで帰りは送る事自体を忘れていたのか、三人で装備一式を装備したまま荷物を持って帰る事になった。

「あ～！」

「隼人、突然《とつぜん》どうしたんだ。なにか忘れものでもしたのか？」

「ああ、忘れてた。ああ～」

「いったい何を忘れたんだ。そんなに大事なものか？」

「ああ、大事なものだ。穂香《ほのか》さん。穂香さんに声をかけるのを忘れてた～！」

ああ、やっぱり隼人だな。無事戻れた感じがしてこの平和な感じはある意味ほっとする。

流石《さすが》にフル装備に近い三人組がバスと電車に揺《ゆ》られて二時間近く移動するのは、かなり目立っていたが、昨日からの疲れもあって、電車の中では三人とも熟睡《じゅくすい》してしまった。

駅に着く寸前に隼人が目を覚ましたので助かったが、あのまま寝《ね》ていたらどこまで行っていたのか恐ろしい。

「それじゃあまた明日な」

「今回は本当に世話になったな。これに懲《こ》りずにまた一緒《いっしょ》に行ってくれよ」

「俺達だけだとやっぱり厳しいからな。また頼《たの》むよ」

「まあ、イベントがあったらまた誘《さそ》ってみてくれよ。俺も楽しかったよ」

「ああ、また誘うよ。じゃあな」

「それじゃあ」

「ああ、また明日」

駅で解散となったので歩いて家まで戻るが、まだ少し眠《ねむ》い。移動中一時間以上寝たはずだが、今日は四時起きだったのと、ダンジョンの硬い床のおかげでまだまだ眠い。

ようやく家に着いたが、寝る前にどうしてもシャワーしたくなって、シャワーで全身を洗ってから、自分の部屋に戻ってそのまま眠りについた。

途中母親がご飯の為《ため》に起こしに来た気がするが、半分寝ぼけてよく覚えてはいない。

第三章 魔界の姫

　結局翌朝までしっかりと寝てしまい、起きてすぐに学校に行く準備をして家を出たが、家のベッドがいいのか疲れが取れてスッキリしている。

　学校についてしばらくすると授業が始まったが、クラスではちょっとした問題が発生していた。

　真司《しんじ》と隼人《はやと》が始業時間になっても連絡《れんらく》無しに、やって来なかったのだ。

　昨日の今日なので何かあったのかと心配したが、二人共十二時を前にぼ〜っと現れた。

「大山《おおやま》、水谷《みずたに》〜連絡なしに今頃《いまごろ》登校か？」

「すいません」

「これでも急いだんです」

「急いでこの時間か。まあいい。宿題は期待してるんだな」

「はい」

「わかりました」

　昼休みになったのですぐに二人に喋《しゃべ》りかける。

「二人共どうしたんだよ。心配したぞ」

「あ～。ごめんごめん。寝過《ねす》ごしちゃったんだ」

「俺も起きたら十一時だった」

「お前ら王華《おうか》学院受けるって言ってたよな」

「ああ、まあ一応な」

「真面目《まじめ》に授業受けないで受かると思ってるのか？」

「いや～。昼からは倍頑張るから大丈夫だって」

「俺もこれから勉強頑張るよ」

　俺達《たち》が話していると、春香《はるか》と一緒に近づいてきた前澤《まえさわ》さんが声をかけてきた。

「二人共、思いっきり遅刻《ちこく》だったけど何かあったの？」

「いや～。思いっきり寝過ごしちゃって」

「ああ、疲れが溜《た》まってたんだと思う」

「疲れが溜まってたって、遠征《えんせい》ってそんなに大変だったんだ？」

「それが、ダンジョンの中で一日過ごす事になっちゃって……」

「えっ？　ダンジョンの中で過ごす事になっちゃったって、どういうことなのかな？」

隼人が調子良く話していると、春香が聞き返して来た。

「あ……。いやなんでも……ないです」

「そうそう、なんでもないよ。大丈夫」

突然《とつぜん》隼人の反応が悪くなった。

「私もダンジョンの事詳《くわ》しくないんだけど、ダンジョンって宿泊《しゅくはく》とかできるんだ」

なぜか前澤さんまで参戦して来た。

「いや〜。出来ないことはないと思うな〜」

「そうそう、まあ楽しかったからいいんじゃないかな〜」

「海斗《かいと》、ダンジョンで泊《と》まったの？」

「ああ、そうなんだよ。ちょっとトラブルがあってダンジョンで寝たんだよ」

「海斗、それって危なくないの？」

「まあ、危なくない事はないけど」

「おいっ、海斗」

「なんだよ」

隼人が何か言いたそうな目でこちらを見てくる。

「葛城《かつらぎ》さん、前澤さん。俺達三人で泊まったからキャンプみたいなもんだよ。実に楽しく過ごせたよ。うん本当に」

「水谷くん、ちょっといいかな。本当に何もなかったのかな。危ない事はなかった？」

「え〜。あ〜。まあ。それはダンジョンだから危ない事がなかったわけでは無いけど」

「詳しく教えてもらえるかな」

「あ〜。は〜。はい……」

何故《なぜ》か春香からプレッシャーを感じる。隼人に話しかけているはずなのに、俺の周りだけ空気が重い。

これはまさか怒っているのか？　春香は俺に怒っているのか？

怒っているとすれば、ダンジョンに泊まった事にだよな。危なくない事はないって言ったからだよな。

これは……隼人頼《たの》んだぞ！

「あのですね。今回二泊《はく》三日で遠征に行きまして、初日はそれなりに順調だったので、ホテルに三人で泊まったんです」

「うん、そうなんだね。ホテルはどんなところに泊まったの？」

「ホテルダンジョンシティって所で、安かったんだけど三名一室で、ジャンケンに負けた海斗がエキストラベッドで寝たんだよ。でもまあ修学旅行みたいで楽しかったです」

「男の子っていいね。それでどうなったのかな？」

「それがですね、二日目にちょっとトラブルがありまして。ダンジョンの床が抜《ぬ》けて落ちちゃったんです」

隼人から妙《みょう》に緊張《きんちょう》した雰囲気《ふんいき》を感じる。しかも話し方がおかしい。完全に敬語になってしまっている。

「床が抜けて落ちたって大丈夫だったの？　怪我とかしなかった？」

「それってかなりやばい状況なんじゃない」

前澤さんも加わって隼人が劣勢《れっせい》に立たされている。

頑張れ隼人！

「床が抜けて落ちたのは大丈夫だったんですよ。レベルも上がってたから三人とも無傷でした」

「そう。それはよかった」

春香が少し安心した表情を見せている。

「それじゃあ、どうしてダンジョンに泊まる事になったのよ」

今度は前澤さんが突《つ》っ込《こ》んできた。

「いや、それはですね、下に落ちたら上に上がらないとダメじゃないですか。でも穴が閉

じちゃったんで、上への階段を求めて歩いて回ったんですよ。そしたら思ったよりも時間がかかっちゃって」

「私よくわからないんだけどダンジョンって。そんなに時間がかかる程《ほど》広いものなの？」

「まあ、そうですね。広いです。ただ今回は回り道を結構したから」

「回り道？」

「下のモンスターが強かったので避《さ》けてるうちに時間が経《た》ちまして」

「それじゃあ、それで時間がかかってダンジョンで泊まったっていう事？」

「そうそう、それで泊まったんだけど、結構快適でよかったよ。見張りもしてもらって安全でよく眠れたんだよ」

「ん？　見張りもしてもらってって他に誰かいたの？」

前澤さん……鋭《するど》くないですか？　隼人も何余計な事言ってるんだよ。

「い、いや、海斗だよ。海斗に見張りをしてもらってたんだよ。はは……」

「高木《たかぎ》くん一人に見張りをまかせて二人はずっと寝てたって事？」

前澤さんが軽蔑《けいべつ》したような視線を隼人と真司に向ける。

「い、いやそういうわけじゃないんだ。前澤さん、それは誤解だよ」

真司が堪《たま》らず参戦して来たが、余り良い予感がしない。

「大山くん。どう誤解なの？」

「海斗にも見張りをしてもらったけどずっとじゃないんだ」

「じゃあ、誰が見張ってたの？」

「そ、それは……」

真司、答えられないなら出てくるなよ。余計悪化したじゃないか。

「海斗、三人で遠征に行くって言ってたけど、もしかして他にも誰かいたの？」

おおっ、今度は春香から俺に直球の質問が来た。どうする？　どうしたらいいんだ。

「い、いや間違いなく三人で行ったよ」

「それじゃあ、現地で合流したの？」

春香がじっとこちらを見つめてくる。この澄《す》んだ瞳《ひとみ》を目の前にして誤魔化《ごまか》すのは無理だ。

「いや、誰とも合流はしてないよ」

「本当に？」

「うん。嘘《うそ》じゃないよ。ただダンジョンの中ではいつもメンバーが増えるんだ」

「メンバーが増えるって？」

「俺にはサポーターというか、パーティを支えてくれるメンバーというか」

「葛城さん。ダンジョンには、いろんなマジックアイテムとかがあるんだ。その中にサーバントカードというものがあって、魔法《まほう》みたいに使い魔というか、サポートメンバーというかそんな感じのを喚《よ》び出せるんだけど、海斗はそれを持ってるんだ。だから決して怪《あや》しい事は無いから安心してよ」

「そうそう、海斗はダンジョンに対しては異常に真面目だから変な事は何もしてないから。葛城さんが心配する事は何もないよ」

「海斗そうなの？」

「うん。間違いなくそうだよ。今回もサーバントの助けがないとヤバか……いや、見張りがヤバかったよ。寝不足《ねぶそく》になる所だったんだ」

危ない。動転して余計な事を言いかけた。以前も危ない事はないのか聞かれた事があったのに、ここで結構危なかったとは言えない。

「大山くん、本当に何も無かったの？」

再び前澤さんが真司を問い詰《つ》めようとする。

「う、うん」

「本当に？」

「い、いや〜。ちょっとはあったかな〜」

おい、真司何を言い出すんだ。

「ちょっとって何？」

「あ～。昨日、強いモンスターに囲まれちゃって。ちょっと危なかったかな～」

「水谷くん？」

「いや～。ちょっと危なかったかもな～。どうだったかな～」

もうこれはダメだな……。

「海斗、本当は危なかったの？」

「うん。ちょっとだけ危なかったけど、誰も怪我してないから大丈夫だよ。装備がいくつか壊れたけど、サーバントにも助けられて問題無しだよ」

「無理してない？　大丈夫？」

「全然無理してないよ。安心してよ。春香が心配する様なことは何もないから」

「本当に？」

「うん本当だよ」

突然のやり取りに少し焦《あせ》ってしまったが、買い物友達の俺をここまで心配してくれるとはやっぱり春香は天使だな。春香に心配してもらえるなんて俺は幸せものだ。

それにしても、真司。前澤さんに弱すぎだろ。危《あや》うく俺にまで被害《ひがい》が及ぶ所だった。

「春香、さっき言った通り今回の遠征で装備がいくつか壊れてしまったんだけど、よかったら、また買い物に付き合ってもらえたりしないかな」

「うん。もちろんいいよ。いつにしよっか？」

「今日の放課後でも大丈夫かな？」

「うん、それじゃあ放課後にね」

　春香にはまだ伝えていないが、前回一緒に購入したバスタードソードが完全に折れてしまったので新調しなければならない。

　放課後になり春香と一緒にダンジョンマーケットに向かった。

「海斗、今回は何を買うの？　前回は、剣《けん》とか買ったと思うんだけど」

「今回は、マントと剣です」

「えっ？　この前買ったばっかりなのにまたマントと剣を買うの？」

「実は、今回の遠征で剣は根元からポッキリ折れちゃったんだ」

「海斗、大丈夫だったの？　あの剣が折れるなんて。だってあの剣百万円もしたのに。もしかして不良品だったの？」

「いや、そうじゃないんだけど、硬《かた》い相手を無理矢理《むりやり》斬《き》ってたら折れちゃったんだ」

「でも、百万円もしたのにお金は大丈夫？」

「ああ、それは大丈夫なんだよ。今回の遠征でちょうどそのぐらいの収入があったから、それで賄《まかな》えるから」

「三日間の遠征で百万円ってすごくない？　そんなに探索者ってお金になるの？」

「いや、今回は特別だよ。下の階層に落ちちゃったから、モンスターが強かったんだ。その分金額も跳《は》ね上がったんだよ」

「それって、その分危なかったって事じゃないのかな」

「あっ、あ、そうでもないよ。今回たまたま運が良かったんだよ。うん」

「そう。本当に無理しちゃダメだよ」

「はい。もちろんです」

ダンジョンマーケットに入り、まずはマントを買う事にする。

前回と同じ店員さんを見つけて声をかける。

「すいません。またマントの購入したいんですけど」

「あれ？　お客様はこの前マントをお買い上げいただいた」

「そうです。この前オススメしてもらったマントを使ってたんですけど、溶《と》けちゃいました」

「えっ？　溶けてしまったっていうのは」

「それがあのマント火には耐性《たいせい》があって良かったんですけど、モンスターの溶解液《ようかいえき》にやられて溶けちゃいました」

「溶解液ですか？　あのマントは一応火だけではなく、溶解液などにも耐性のある素材だったはずなのですが。十五階層前後のモンスターではあの素材を溶かす様なモンスターは居なかったはずです」

「ああ、遠征に行った時に二十階層よりも奥《おく》に潜《もぐ》る機会があって、そこでやられちゃったんですよ」

「失礼しました、お客様は二十階層よりも下層に潜られているのですね。それではこの前のマントでは性能不足だったかもしれません。それではオススメはこちらのマントになります。前回のマントよりもより高性能な繊維《せんい》素材が使用されており、火への耐性だけではなく溶解系そして氷、水などへの耐性も飛躍的《ひやくてき》に向上しております。お客様の様に下層へ挑《いど》まれている探索者様への一押しのマントとなっており、こちらであれば二十階層への探索にも十分耐《た》え得る至高の一品となっております」

「そうですか、なんか良さそうですね。値段はいくらぐらいですか？」

「やはり、これだけの一品となりますので量産品とは一線を画しておりまして、職人によるハンドソーイングの一品となります。その為少しお値段は張りますが、十分価格に見合うだけの品物となっております。お値段は三十万円となっておりますが、正直この品質でこのお値段はお安いと思います」

「そうですね。安いですよね。じゃあ黒でお願いします」

「お買い上げありがとうございます」

「海斗、ちょっといいかな」

「うん、なに？」

「あのマント三十万円もするんだよ。そんなにすぐに決めて大丈夫？　もっと安くてもいいマントもあるんじゃないかな。前に買ったマントはもっと安かったよね」

「マントは一生ものだからね。装備品にはお金がかかるんだよ」

「う～ん、安全のためにお金がかかるのはわかるけど海斗、多分マントは消耗品《しょうもうひん》じゃないかな。今度から私も一緒に考えてから買うのでもいい？　私も一緒に選びたいと思うんだけど」

「えっ？　春香も一緒に選んでくれるんだ。それは嬉《うれ》しいな。是非《ぜひ》お願いします」

次から春香が一緒に選んでくれるらしい。なんて優《やさ》しいんだろう。一緒に選んでくれるということは、もしかして次から買い物に毎回付き合ってくれるってことではないのか？

春香を誘うきっかけができて嬉しいけど、今後必要以上にダンジョンマーケットに通いそうでちょっと自分が怖《こわ》い。

高位素材のニューマントを購入《こうにゅう》したので後はベルリアの使う剣の購入だ。

「海斗、この前の剣は百万円だったと思うんだけど、今度の予算はどのぐらいを考えてるの？」

「そうだな～。さっきのマントが思ってたよりも金額が高かったから、出来ればこの前と同じ百万円迄《まで》で買いたいんだけどな～」

「うん。じゃあ予算は百万円以内で決めようね。でも剣って折れるんだね。あんなに頑《がん》丈《じょう》そうな剣だったのに」

「まあ、今回は特別だよ」

そう言いながら、いつものおっさんの店に向かった。

「すいませ～ん」

「おう、坊主《ぼうず》とお嬢《じょう》ちゃんか。仲良くやってんのか？」

「はい。まあ」

「おかげ様で、仲良くさせてもらってますよ」

「今日は何だ？　ダンジョン仕様のショットガンでも買いにきたのか？」

「まあ、それも欲しいのは欲しいんですけど」

「三百五十万あるのか？」

「三百五十万!? 海斗ちょっといいかな」

「うん、何?」

「今日の予算は百万円だよね」

「うん、その予定だけど」

「それじゃあ、さっきの三百五十万円って何かな?」

「いや、百万円は剣の予算で、さっきの三百五十万円はショットガンの値段だよ」

「海斗! ダメだよ。百万円でも高いのに、三百五十万円なんてダメだからね。将来の為にもしっかり貯金しておいた方がいいよ」

「いや、まあ今すぐ買うわけじゃないから。そのうちだよそのうち」

「そのうちもダメだから! 次から私も一緒だからね」

なぜか春香に怒られてしまった。

まあ、探索《たんさく》用の装備は高額のことが多く俺の感覚が麻痺《まひ》してきていることは否定できない。少し前なら三百五十万なんて冗談《じょうだん》のような金額だった。春香の様に止めてくれる人がいるというのは俺は幸せ者なのかもしれない。

まあ頻繁《ひんぱん》に武器が破損してもらっては困るが、春香が一緒に来てくれるならそれも悪くない。というよりかなり嬉しい。

「お嬢ちゃん、話し合いは終わったのか？」

「はい、もう大丈夫です。今日は剣を見せて貰いに来ました。余り高いのは無理なので、この前見せてもらったのと同じぐらいの剣を見せてもらっていいですか？」

「剣？　剣はこの前買ったばっかりじゃね～か。もしかしてお嬢ちゃんも探索者始めたのか？」

「いえ、そうではないんですけど。海斗がダンジョンでこの前の剣を折ってしまったみたいで」

「は～？　剣が折れた？　この前売ったのはバスタードソードだったよな。しかもそれなりの出来のやつだったはずだぞ。刃が欠けたっていう意味か？　それだったら研《と》ぎで補修がきくかもしれね～ぞ」

「いや、そうじゃなくて根本からポッキリ折れちゃったんですよ」

「おいおい、どこをどうやったらバスタードソードが根本から折れるんだよ。壁《かべ》を斬《き》ってもそう簡単には折れね～はずだぞ！」

「この前の遠征で硬い敵に遭遇《そうぐう》して、何度か使ってると折れちゃいました」

「硬い敵って、剣が折れるほどの敵って一体どんなモンスターだよ。それに普通《ふつう》は剣より腕《うで》とかの方が折れるだろ。どうなってるんだよ。坊主のひょろい腕でそんなことあんのか？」

　まあそれはベルリアがすごいだけなんで。

「まあ、たまたまですよ。たまたま」

「たまたまの意味がわからんが、ちょっと待ってろ」

　そう言っておっさんは倉庫に消えて行った。

「海斗、やっぱり剣が折れるのって普通じゃないんだね。無理してるんじゃない？」

「今回はちょっとだけ無理したけど大丈夫だよ。剣が折れたのは、本当にたまたま運が悪かっただけだから」

　話しているうちにおっさんが、剣を数本持って来てくれた。

「前回とほぼ同じのもあるけどな、こっちの二本がバスタードソードだ。まあ汎用性《はんようせい》が高い。こっちが二十五万でこっちが百二十万だ。こっちがブロードソードとグレートソードだ。ブロードソードが八十万でグレートソードが百五十万だぞ」

「バスタードソートが前回よりも高いですね」

「同じ物じゃねーからな。それぞれ値段はちょっとずつ違《ちが》うんだよ。前回も言ったかもしれね～けど俺のおすすめはグレートソードだぜ。流石にこれは折れね～と思うぞ」

　グレートソードか。百五十万円はなんとかなるが、ベルリアが使うには大きすぎる。

ベルリアの事だから使いこなしはすると思う。ただベルリアの体格とのバランスが悪いので性能を引き出すことは難しいと思うが、ここは悩《なや》みどころだ。

「海斗、百万円の予算だとブロードソードの八十万円とバスタードソードの二十五万円の二本しかないね。頑張《がんば》って百二十万円のバスタードソードを交渉《こうしょう》してみようか？」

「う～ん。迷うな～。正直前買った百万円のバスタードソードと、百二十万円のバスタードソードは、それ程変わらないと思うんだよな～。折れちゃったし、どうせなら違うやつの方がいいかな」

「それじゃあ、八十万円のブロードソードか百五十万円のグレートソードだけど、百五十万円は高すぎない？」

「どうしようかな。予算内だとブロードソード一択《たく》だけどな～」

「私には、剣の良《よ》し悪《あ》しは分からないから海斗がいいと思う方を選んで。私は交渉頑張るね」

ブロードソードも悪くはないけどバスタードソードで折れたのにブロードソードが折れないとも思えない。剣を持てばかなり頼《たよ》れる奴だが、剣を失くしたベルリアは、正直厳しい。あの時も真司に剣を借りなければヤバかった。

よくよく考えてみるとベルリアは真司に借りた双剣《そうけん》の二刀流でかなりいけてた。

それに最悪一方が折れても二本あればなんとかなる気もする。

「春香、考えたんだけど、二十五万円のバスタードソードと八十万円のブロードソードの二本にしようと思うんだけど」

「えっ？　二本も買うの？　二本とも使ったりするの？」

「うん。折れたら武器が無くなってしまうから予備も兼《か》ねて二刀流でもいいかなと思って」

「すごいね。あんなに重そうな剣を二本も使えるんだね」

「ああ、言ってなかったんだけど、俺が使うんじゃないんだよ」

「えっ？　それじゃあ誰《だれ》が使うの？」

「実は、学校でも言ってたんだけど俺のサーバント用なんだよ」

「あのサポートしてくれるっていう使い魔の事？　使い魔って剣が使えるの？」

「サーバントにも色々種類があって、俺のサーバントは剣を使うのが得意なんだよ」

「そうなんだね。私使い魔って言うから、小動物みたいなのをイメージしてたよ」

「そういうのもいるけど俺のサーバントは人型なんだよ。ベルリアっていう、小さな子供ぐらいの男の子だけど、それなりに頼りになる奴なんだ。一応俺の剣の師匠《ししょう》だし」

「すごいね～。サーバントってそんな感じなんだ。それじゃあその子の為に買ってあげるんだね」

「そう。なぜか元から武器を一切《いっさい》持ってなかったんだ」

「そうなんだね。じゃあサーバントってそういうものなのかもしれないね」

いや……シルもルシェも自前の武器を持っているから、ベルリアが特殊《とくしゅ》だと思う。

「それじゃあ、あとは私にまかせてね」

「はい。お願いします」

「おに～さん。ちょっといいですか？」

「ようやく、話し合いが終わったのか。色々作戦練っても安くなんね～ぞ！」

「いえ質問です。二十五万円のバスタードソードってこの前B級品だって言ってたと思うんですけど、すぐ折れたりしますか？」

「いやB品って言っても、そこまでの粗悪品《そあくひん》は売りもんになんね～よ。若干耐久性《じゃっかんたいきゅうせい》や切れ味は劣《おと》るが、拘《こだわ》らなければ十分使い物にはなるぜ」

「そうなんですね。多分そのブロードソードとバスタードソードは前回と同じ物ですよね」

「そうだったかな。そこまで覚えてね～よ」

「値段が前に聞いたのと同じなので、同じ物だと思うんですよね。多分B級品っていうのもあって中々難しいのかな～と思うんです」

「お嬢ちゃんよく覚えてるな。言われてみるとそうかもしれね～な」

「そうでしょ～。それでお兄さんに相談なんですけど、その残ってた二本とも買うので安くして欲しいな～と思って」

「あっ？　二本買うのか？　二本はいらね～だろ」

「それが二刀流で二本使いたいみたいなんです」

「おいっ。坊主、二刀流だ？　ちょっとかぶれすぎじゃないのか？　お前の体型でこの二本を両手で扱《あつか》うのは無理だろ。悪い事は言わね～からやめとけって」

「忠告ありがとうございます。まあ、今回武器が折れて困ったんで折れた時の保険です」

「こう言ってるので、お願いしたいんですよね。二本で百五万円じゃないですか。そこを九十万円ぐらいにならないかなぁと思うんです」

「九十万？　無理無理、お嬢ちゃん無茶《むちゃ》いっちゃダメだぞ。前も言ったと思うけど量産される様なもんじゃね～から安くならね～んだよ」

「それじゃあいくらだったら大丈夫《だいじょうぶ》ですか？」

「お嬢ちゃん可愛《かわい》い顔してえげつね～な。それじゃあ、おおまけにまけて九十九万五千円でどうだ？」

「値段はそれで大丈夫なので、何かおまけでつけてくれたりしますか？」

「お嬢ちゃん～。本当にしっかりしてるな。それじゃあおまけで剣に塗《ぬ》る精油をつけてやるよ」

「いつもありがとうございます。これからもよろしくお願いしますね」

「坊主。お嬢ちゃんに感謝しろよ。お前にはもったいね～よ。それにもっと鍛《きた》えて筋肉つけろよ。そんな細腕《ほそうで》じゃあ二刀は無理だぜ」

こうして俺《おれ》は、高性能マントとベルリア用にブロードソードとB品のバスタードソードを手に入れることが出来た。

早速購入《さっそくこうにゅう》した装備をレンタルボックスに保管してから、前回約束したので春香をカフェに誘ってみたら明日行くことになった。

剣を安く買えたお礼も含《ふく》めて俺がおごるつもりだけど、今からオレンジピールのブラマンジェが待ち遠しい。

たまにダンジョンに潜らない日を作ると、心がうずうずするがこれは禁断症状《しょうじょう》の現れなんだろうか。自分でも少し中毒気味なのかなと思ったりもするけどこればっかりはどうしようもない。

出来る事なら徐々《じょじょ》に治していきたいとは思うが、やり方は全くわからない。

翌朝、学校に着いて教室に入ると真司と隼人が神妙《しんみょう》な顔をしている。

「二人共どうしたんだ？　なんで朝からそんな真剣《しんけん》な顔してるんだよ。何かあったのか？」

「海斗、それがな～。聞いてくれよ。真司が告白しようとしてるんだよ」

「えっ？　誰に？」

「決まってるだろ、前澤さんだよ」

そういえば、ダンジョンでそんなこと言ってたな。死ぬ前に前澤さんに告白して付き合いたいとか。

「真司、あれは死ぬのが前提の話じゃなかったのか？」

「いや、俺は昨日一日考えてみたけど、やっぱりどうしても前澤さんと付き合いたいんだ」

「そうなのか。まあ、お似合いだと思うからいいんじゃないか。頑張れよ」

「海斗、話はそんな単純なものじゃ無いからこうして二人で悩んでるんだよ」

「どういう意味だ？」

「それがな、真司のやつ前澤さんと付き合いたいし覚悟《かくご》は決めたくせに告白できないんだって」

「はい？　言ってる意味がよくわからないんだけど」

「俺だってよくわからないって。なんか覚悟は決めたけど、実際に学校に来て前澤さんを見たら動けなくなったというか、告白出来なくなったんだそうだ」

「あ〜。そういう事もあるかもしれないよな。それでどうするんだ？　告白するのやめるのか？」

「それなんだよな。今も話してたんだけど、告白はしたいんだそうだ。でも出来そうに無いからどうしたもんかなと思って。海斗も先輩《せんぱい》として何かアドバイスしてやってくれよ」

「先輩ってなんの先輩だよ」

「いや、海斗は告白の先輩じゃないか。葛城さんに告白した事があるだろ」

「告白の先輩って、俺失敗したんだけど」

「いやいや、あれはあれで面白《おもしろ》かったけど、結果大成功じゃないか？」

「大成功って『おつかいしてください』だぞ！　自分ながらどうしようもないよ」

「そ〜はいうけどな海斗、おつかいから始まって映画に行ったり、初詣《はつもうで》に行ったり、カフェに行ったり大成功じゃないか」

「まあ言われてみればそうかもしれないけど」

「それにもうちょっとでおつかいがおつきあいに進化しそうじゃないか？」

「進化ってなんだよ。そんな進化があったら今すぐにでも進化したいよ」

「まあ、だから先輩からアドバイスを頼《たの》む。悲しいけど俺では力になれそうにないんだ」

「そうだな〜。それじゃあ、告白の時はテンパるな。緊張すると頭が真っ白になるから、リラックスして臨《のぞ》むのがいいと思うぞ」

「海斗、それがアドバイスか？　緊張するな？　テンパるな？　無理に決まってるだろ。今既《すで》にテンパってどうしようもなくなってるんだよ」

「そうか、ごめんな。そうだよな、リラックスってそんなのできるわけがないよな。悪かったよ」

「海斗に助けてもらおうと思ってたんだけど無理だったか。真司今日はやめとくか？」

「告白はしたいんだ。もう俺の気持ちに収まりがつかない。ダンジョンで一日過ごして人生観というか、変わっちゃったみたいでどうしても前澤さんにこの想《おも》いを伝えたい！」

「そこまで想ってるんだったら思い切っていってみろよ。当たって砕《くだ》けろだ！」

「おい、砕けたくはないんだよ！　そんな事を言われると余計動けなくなっちゃうだろ」

真司は大きな身体の割に性格は結構繊細《せんさい》に出来ている様で、おとなしい一面があるのはわかっていたが、突発的《とっぱつてき》なダンジョンの経験を経て急転直下の心の変化に、気持ちと身体のバランスがうまく取れていないのかもしれない。

どうにかしてフォローはしてやりたいがどうしたものだろうか。

モブの俺に真司のアシストなんかできるだろうか。

う〜ん。

「真司、どうしてもなんとかしたいんだったら春香に相談してみようか？」

「えっ？　葛城さんに？」

「ああ、春香と前澤さんって仲いいだろ、春香に相談したら力になってくれるんじゃないかと思って」

「確かにそれは一理あるかもしれないけど、葛城さんか〜相談しづらいな」

「それは俺がしてやるよ」

「本当か？　じゃあ悪いけど頼む。今は藁《わら》にもすがりたい気持ちなんだ」

そんなやりとりがあったので、春香が一人になるのを見計らって声をかけた。

「春香、ちょっといいかな」

「うん、どうかしたの？」

「実は相談があるんだけど」

「うん、どうしたの？」

「実は前澤さんの事なんだけど」

「えっ？　悠美《ゆうみ》がどうかしたの？」

「それが、告白出来なくて困ってるんだよ」

「…………」

「春香？　どうかした？」

なんだ？　どうかしたのか？　春香の様子が明らかにおかしい。そして俺の調子もおかしい。息が苦しい。潰《つぶ》されてしまいそうなプレッシャーを感じる。

なんだ？

ダンジョンで魔王《まおう》でも誕生したのか？　俺は地上で第七感でも発現してしまったのか？

ううっ。息ぐるしい……。

「…………」

「春香？」

春香から返事がない。まさか春香までこの変なプレッシャーに晒《さら》されてるのか？　余りに異常な状況《じょうきょう》に、隼人と真司の方に目をやるが、普通にピンピンしている。

俺と春香だけが、亜空間《あくうかん》にでも囚《とら》われたのだろうか？　まさかこれが噂《うわさ》の異世界転移の前触《まえぶ》れか？　俺と春香で異世界を旅するのか？

春香は俺が絶対に守る！

それにしても息苦しいし、足下《あしもと》に魔法陣《まほうじん》が現れたりもしない。やはり違うのか？

「…………」

春香も体調が悪化したのか心持ち顔色が悪い気もする。

相変わらずプレッシャーを感じるのでもう少しで転移魔法陣が発動してしまうのかもしれない。

異世界に行ったら春香は間違《まちが》いなく聖女だと思うが、俺の職業はなんだ？　魔剣士《まけんし》だろうか、それともアサシン。まさか盗賊《とうぞく》はないと思うが、とにかく苦しい。そろそろ気が遠くなってきたので転移が始まるのか。真司すまない。約束を果たせないまま去る事になりそうだ。隼人も早く彼女《かのじょ》見つかるといいな……。

「海斗……。いつから？」

「え？　なにが？」

「いつから悠美の事が好きだったの？」

「はい？」

春香が声を発したと思ったらとんでもない事を言い出した。何を言ってるんだ？

「悠美に告白するんだよね」

そういう事か。俺、真司が告白したいって言わなかったっけ。

「いや、それは俺じゃない。誤解だよ。俺の事じゃない」

「じゃあ誰の事だったの？」

「言葉が足りなかったけど、真司だよ真司」

「えっ？　大山くん？」

「そう、その真司。前澤さんにどうしても告白したいらしいんだけど、気後《きおく》れして告白できないんだそうだ。俺では力になれそうに無いから、春香に相談しようと思って声をかけたんだよ」

「そうだったんだ。早く言ってくれればよかったのに」

春香がいつもの笑顔《えがお》を取り戻《もど》したと同時に異世界への転移が止まった様で、息苦しさが消えた。もしかしたら春香の笑顔に異世界の神様が見とれたせいで異世界召喚《しょうかん》は失敗してしまったのかもしれない。

何はともあれ無事で良かったが、春香と二人で異世界転移もしてみたかった気もする。

「春香は前澤さんと仲がいいよね」

「うん友達だよ」

「前澤さんって付き合ってる彼氏《かれし》とかいるのかな？」

「私が知ってる限りそんな人はいないと思うんだけど」

「そう、じゃあ可能性はあるな。前澤さんってどういう人がタイプなんだろう？」

「悠美はね～男らしい人が好きなんだよ。ぐいぐい引っ張って行ってくれるような人がいいんじゃないかな」

「男らしい人か……」

真司もガタイはいいので見た目は男らしいと言えないこともないが、実際には告白できないぐらい気が小さいからな〜。どうだろうか、いけるかな？　見た目でグイグイ押《お》せばなんとかなるか？

なかなかハードルは高そうだ。

「それにクリスマスのあたりから探索者もいいかもって言ってたような」

「本当に⁉　それ可能性あるんじゃないか」

「そうかもしれないね。よかったらカフェに二人も誘《さそ》ってみる？」

「ああ、それいいかもな」

春香に相談した結果、今日春香と行くはずだったカフェに前澤さんを誘って四人で行くことになった。

「真司、春香がせっかく気を利《き》かせて前澤さんを誘ってくれたんだから、お前も頑張れよ」

「わかってるよ。二人には感謝してるよ。見ててくれ俺はやるぞ！」

「まあ、あんまり気合が入り過ぎても良くない気がするから抑《おさ》えながらいこうな」

放課後まで逸《はや》る真司を諭《さと》し四人でカフェに向かうことにした。

「前澤さんは、趣味《しゅみ》とかあるの？」

「え〜っと、映画鑑賞《かんしょう》と音楽鑑賞かな」

「へ〜っ。どんな映画が好きなのかな」

「普通に恋愛《れんあい》映画とか好きだけど」

「そうなんだ、それじゃあ音楽はどんなの聴《き》くの？」

「今流行《はや》ってるのとかなんでも聴くけど、一番好きなのはファルエルかな」

「そうなんだ。ファルエルいいよね」

カフェまでの道中前澤さんにいろいろ聞いているのは俺だ。

あれほど言っておいたのに四人で歩き始めると真司の奴《やつ》一言も喋《しゃべ》らない。

緊張《きんちょう》が天元突破《とっぱ》しているようでガチガチになって、笑顔の一つもない。

そもそも俺には音楽を日常的に聴く様な趣味はない。

いいよねとは言ったもののファルエルってなんだよ。ヴィジュアル系バンドか何かか？

全く聞いたことはない。どうにか真司をサポートしたいという一心で必死に前澤さんの話に食《く》らいついていく。

だけど俺が前澤さんの趣味を探《さぐ》ってどうするんだ。せっかく俺が探ってやってるんだから、真司しっかり脳内にインプットしたか？　ファルエルだぞ！

「恋愛映画って言うとこの前春香と『宇宙で会えたら』を見たけどすごくよかったよ」

「あ～それ私も見たよ。感動的だったよね。高木くんは春香と行ったんだね。いいな～私も彼氏と行きたいな～」

いや、俺は春香の彼氏ではないけど、今はそこは問題ではない。

「前澤さんは彼氏いないのか？」

「え～いないわよ。クリスマスもお正月も家族と寂《さび》しく過ごしたわよ」

「あ～そうなんだ。彼氏いないんだね」

「何それ、私に彼氏がいない方が良い様な言い方に聞こえるんだけど。高木くんって何か私に恨《うら》みでもあるの？」

「いやいや、そんなものあるわけないじゃないですか。前澤さんみたいな綺麗《きれい》な人にどうして彼氏がいないのかな～って気になっただけだよ」

「も～高木くん、今までそんなに話したことなかったけどこんなに喋るのうまかったんだ。全然知らなかったよ。女の子とかと喋ってるの見た事ないから春香としか喋れないのかと思ってたよ」

「そんなことあるわけないだろ」

いや、まてよ。言われてみればクラスの女の子と話した記憶《きおく》がほとんどない。この前、前澤さんに詰問《きつもん》されたぐらいで、春香以外の女の子とろくに話した事がない気がする。

俺って自分の事をモブだと思っていたけど、もしかしてモブよりやばいのか？　高校生にもなってクラスの女の子と話した記憶がほとんどないなんて。これからはもっと積極的に女の子と話した方がいいかもしれない。

「半年ぐらい前に付き合ってた人がいたんだけど、性格が合わなくて別れちゃってそこから出会いがなくって」

「そうなんだ。性格が合わなかったってどうだったの？」

「それがその人年上だったんだけど、なよなよしてて、全部私が決めないと何も進まない人だったのよ。それで結局イライラしちゃって」

「ふ、ふ～ん。それは仕方がないな～。前澤さんはどんな人がタイプなの？」

しっかり聞いとけよ真司！

「私はね～やっぱり男らしい人かな。グイグイ私を引っ張っていってくれる様な人がいいな。普段《ふだん》は大人しくても二人の時は守ってくれる様な人が理想よね」

「そうだね。そんな人がいたら理想だよね。俺らの周りにもいるといいんだけどな～そんな感じの前澤さんにぴったりの人が」

「本当に？　いたら紹介《しょうかい》してよ。それにしても高木くんと恋話《こいばな》ができるとは思わなかったわ。春香ももっと早く言ってくれてればみんなで楽しく話せたのに」

「うん、ごめんね。でも海斗と恋話なんて今までしたことがなかったから。私もちょっと驚《おどろ》いてるんだ」

確かに春香と恋話はしたことがなかった。というより意中の人を目の前に恋話なんかできるわけがない。恋話をして、他の誰かがタイプなんだとか言われた日には再起不能になりそうだ。

とにかく真司何か喋れ！　俺ばっかり喋ってるぞ！

席に座《すわ》ってから俺と春香は予定通りオレンジピールのブラマンジェを頼み、飲み物は俺がカフェラテそして春香がダージリンティーを頼んだ。

前回頼んだコーヒーは俺には大人の味すぎて正直美味《おい》しいかどうかよくわからなかったので、今日は少しハードルを下げてカフェラテにしてみた。だけどカフェオレとカフェラテの違いがよくわかってない。

真司と前澤さんは、この店に初めて来た様なので、春香がおすすめして前回俺が頼んだのと同じフランボワーズのタルトと飲み物を頼むことになった。

「前澤さんは甘《あま》いものも好きなんだね」

「そうなのよ。だからここのフランボワーズのタルトは一度は食べてみたかったのよ。でも一緒《いっしょ》に行く相手がいないと一人ではなかなかね」

「えっ、俺は、まあそれ……」

　真司がそれほどでもないとか言いかけたのでテーブルの下で思いっきり蹴飛《けと》ばしておいた。

「そうだよね。真司も甘いもの大好きだよな」

「うっ、あ、ああ、もちろん大好きだ。何個でもいけるよ」

「そうだよな。真司そんなに甘いの好きなんだったら前澤さんとまた来ればいいんじゃないか?」

「あ、ああ、うん、そうだね」

「前澤さんも相手がいない時は真司を誘ってやってくれると嬉しいな。男一人でカフェでケーキは難しい物があるから」

「それは、私はいいけど大山くん、本当に甘いもの好きなの?」

「もちろん大好きだ。三度の飯よりスウィーツが大好きなんだ。どうせだったら毎日でも大丈夫!」

「へ〜っ。意外ね。大山くん結構大きい方だからかもしれないけど、そんな風に見えなかったから」

「いや真司は意外と乙女《おとめ》な所もあるから女の子とは結構うまくいくんじゃないかな」

「ちょっと、大山くんが乙女って流石《さすが》にそれはないでしょ～」

「俺は乙女ではないよ。でも女の子には優しくできると思う」

「そうなんだ。ちなみに大山くんはどんな女の子がタイプなの？」

キタ～！　真司キタ！　ド直球が時速百七十キロメートルで来たぞ。いまだ！　打ち返せ。ホームラン狙《ねら》え！

「い、い、い、いや俺のタイプは、しっかりしててハキハキした感じの……」

「へ～。そんな感じの子がいいんだ。大山くんは背も高いから結構モテそうなのに彼女とかいないの？」

「はい。いません。全くいません。十七年間いたことがありません」

「え～そうなんだ。意外だね。理想が高いのかな～」

そこまで話をしているとケーキと飲み物が出て来たので会話は一旦《いったん》中断する。

「おいしぃ～。このタルト人気なだけあるわね」

「うん。おいしい。おいしいです」

真司の表情を見る限り、タルトは甘すぎるんだろうとは思うが、これぱっかりは我慢《がまん》するしかない。

俺も目の前に出されたオレンジピールのブラマンジェを食べてみる。

食べてみるとフランボワーズのタルトよりは随分《ずいぶん》食べやすい。これは所謂《いわゆる》プリンだな。プリンの上にオレンジの皮の砂糖漬《さとうづ》けのようなものが乗っているが、そこまで甘くも無いので非常に食べやすい。

飲み物に頼んだカフェラテも前回のコーヒーに比べると随分飲みやすい。このセットは俺には当たりだ。

「春香どう？　俺は結構美味しいと思うんだけど」

「うん、この前のも良かったけどこれも美味しいね」

やはり美味しいものを食べている時の春香の幸せそうな表情を見ていると俺まで嬉《うれ》しくなってきてしまう。

春香のこの笑顔を見れただけでもこのカフェには存在価値があると断言できる。

味わいながら四人でスウィーツを食べているが、やはり食べるのに集中すると会話が疎《おろそ》かになる様で、ほとんど会話がなくなってしまった。

今真司は何を思いながらフランボワーズのタルトを食しているのだろうか。

俺から見ても明らかに普段の真司とは異なる。

想像を超《こ》えた緊張と葛藤《かっとう》があるに違いない。

俺は春香への告白を失敗した愚者《ぐしゃ》だが、真司の告白へのサポートだけは賢者《けんじゃ》の如くやってやりたい。

真司の姿を見て俺まで妙《みょう》な緊張感に包まれている。

包まれているのは、俺と真司だけかもしれないが空気が重い。

「前澤さん、このオレンジピールのブラマンジェもすごく美味しいからまたぜひ食べに来てよ」

「そうなんだ。じゃあまた春香と誘ってよ」

「ああ、それはもちろん良いけど、俺は春香と二人で来ることが多いから、前澤さんは真司と来たりしたらどうかな～」

「私が大山くんと？　四人だとそうでも無いけど二人だと変に緊張して疲《つか》れちゃうかも」

「そこはなあ、真司が面白い話で場を和《なご》ませたりしてな」

「おう。まかせてくれ、面白い話はいくらでもあるんだ。大丈夫」

「あれ？　大山くんってそういうタイプだったっけ。なんか今までのイメージと違うね」

「いや俺は、いつも愉快《ゆかい》な男だよ。将来はコメディアンでもいいと思ってるぐらいだよ」

「大山くんがコメディアン？　流石にそれはないいんじゃない？」

「いや、将来は無限大だから。いつ笑いの神が降りて来ても不思議はないんだ」

「ふふっ、大山くんって面白いね。冗談とかあんまり言わない人かと思ってた」

「真司は普段から結構愉快なやつだよ。ただ人にはそれが伝わり難《にく》いだけだよ。案外男らしいし本当にいいやつなんだよ」

「へ～っ。二人は仲がいいんだね」

「そう、親友だからね。風呂《ふろ》にも一緒に入ったし、ダンジョンで夜も一緒に過ごした仲だから」

「えっ⁉　もしかして二人ってそういう関係？」

「そういう関係って……いやいや違うって普通に男同士の付き合いだよ」

「ははっ、冗談《じようだん》冗談。そんなのわかってるわよ」

「ふ～っ、焦《あせ》ったよ。変な噂が流れたら明日から学校に行けなくなっちゃうよ」

「そんな事しないから大丈夫よ」

「あっ、あの～。前澤さん！　俺とカフェに行ってください！」

「大山くん、急にどうしたの？　別にそのぐらいいいけど」

おおっ、今まで大人しかった真司に急にスイッチが入った。

「俺、面白いし、背が高いし男らしいと思うんだ」

「そう、そうなんだ」

「俺のタイプなんだ」

「えっ？」

「俺のタイプは前澤さんなんだ」

「………」

「俺は前澤さんのことが好きなんだ。俺と付き合ってください！」

おおっ。真司やったたな！　最後は男らしい台詞《せりふ》で締《し》めた。TV以外で人の告白を見たのは初めてだが、告白したのは自分ではないのに肩《かた》に力が入る。どうだ？　前澤さんどうなんだ。真司でどうなんだ！

「………」

「あ、あの〜前澤さん？」

「……」

「どうでしょうか」

「………」

あれ？　前澤さんから全く返事がない。これってどういう状況なんだ？

「あ、ああ、ごめん、ごめんなさい」

うっ……ごめんなさい？　ダメって事なのか？

「ごめん、突然《とつぜん》だったからびっくりしちゃって」

「ああ、ごめん。俺も本当は言うつもりはなかったんだけど、ダンジョンで一夜過ごしてる間に人生について考える機会があって、今告白しないと後悔《こうかい》すると思ったんだ」

「そうなんだ」

「どうだろうか。俺と付き合ってもらえないかな」

「大山くん今までそんな素振《そぶ》り見せた事なかったからびっくりしちゃった。私のどこが好きなの？」

「いやそれは、性格も含めて全部だよ」

「全部って、そんなふうに言われると恥《は》ずかしいんだけど」

「今日は海斗達《たち》に手伝ってもらって告白できたから、今度は二人でここに来てブラマンジェ食べたいんだ」

「春香知ってたの？」

「うん。私も今日聞いたんだけどね」

「そっか～。突然だったから、少し考える時間をください」

「それはいいけど」

これはどうなんだ？

断られてはいないよな。考えるって事は全くなしではないって事だよな。

ある意味敢闘賞《かんとうしょう》といえる結果なのか？

「それじゃあ、返事はよく考えてするから」

「はい。お願いします」

真司は無事に告白までこぎつけることができたが、よく考えるから待ってとはどのぐらいの期間だろうか。一日ぐらい？　それとも一週間？　もしかして一ヶ月？

俺なら待っている間気が気ではないな。

その後は流石に間が持たないので、スウィーツを食べ終わるとすぐに解散となった。

真司の告白が終わった。

ほとんど会話のない状態から急にスイッチが入って告白まで持っていった真司は素直《すなお》にすごいと思う。

ただ返事は考えさせて欲《ほ》しい……微妙《びみょう》だ。その場で断られなかっただけ可能性を残しているとも言えるが、明日から真司にどう接したものか。

「春香、さっきのってどうなんだろう」

「う～ん。悠美も満更《まんざら》でもなさそうだったけど、どうかな～」

「俺は結構お似合いだと思うんだけどな」

「そうだね、うまくいくといいね」

「でも、俺も緊張しちゃったよ」

「海斗も結構頑張《がんば》ってたよね。でも大山くんも最後は男らしく告白したから。女の子はやっぱり男の子から告白して欲しいものなんだよね」

「そうなんだ」

「うん。ちょっと悠美が羨《うらや》ましかったな」

「そう……」

俺もいつかまた春香に告白したいが、真司の結果を見るとどうしても二の足を踏《ふ》んでしまう。正直余計告白し辛《づら》くなってしまった。

とにかく今の俺には真司の幸運を祈《いの》るしか出来ない。

「それじゃあ、また明日。それと今度は写真を撮《と》りに誘ってもいいかな」

「うん、いつでもいいよ」

「でも俺デジカメ持ってないんだけど、どうしよう」

「大丈夫、私ので一緒に撮ればいいから」

「じゃあ、それでお願いします」

次の約束も取り付けたし俺は進化を目標に着実にステップアップしていくだけだ。

その場で春香と別れて家へと戻ったが、真司にあてられたのか身体が熱い。それに明日は久々にホームダンジョンでの探索《たんさく》に向かう。今から楽しみだ。

次の日の朝になり、学校へ登校してからすぐに教室へ向かった。

「おう」

「ああ、おはよう」

「真司、なんか顔色悪くないか？　目の下のくまが酷《ひど》いぞ」

「それが、昨日の事が気になって仕方がなくて全然寝《ね》れなかった。むしろこの前のダンジョンの方が熟睡《じゅくすい》出来た……」

「そうか、気持ちはわかるけどな」

「海斗、真司のやつ朝からずっとこの調子なんだよ。話は聞いたんだけど実際どうだったんだよ」

「どうって、真司は男らしく告白したたし、まあ悪くはなかったんじゃないか」

「いやそうじゃなくて、前澤さんはどうだったんだよ」

「う〜ん。いけるようないけないような」

「いったいどっちだよ」

「う〜ん、嫌《いや》ではなさそうだったんだよな。ただ前澤さんのタイプが男らしい人なんだよ。

今の真司を見てるとなあ」

「まあ、すぐに結果は出るんだろうからとにかく待つしかないな。真司、とにかく頑張ったな」

「あ、ああ。そうだな……」

真司は心ここにあらずと言った感じだが、それも仕方ない事だと思う。とにかく俺達《おれたち》三人は待つことしか出来ない。

放課後になり俺はいつものダンジョンに向かった。先日購入《こうにゅう》した装備をレンタルボックスから取り出してダンジョンに潜《もぐ》る。

「シルフィー召喚。ルシェリア召喚。ベルリア召喚」

俺は一階層の端《はし》でサーバントの三人を喚《よ》び出した。

「今日からまたいつものダンジョンだから頑張ろうな。それとベルリア、これがお前の新しい剣《けん》だよ」

「おおっ。マイロード有難《ありがた》き幸せ。ところで剣が二本あるのですが？」

「ああ、それだけどベルリアこの前真司の双剣《そうけん》を使いこなしてたから二刀流でどうだろうと思ってな。この前一本折れて困ったから二本あれば最悪一本折れてもなんとかなるだろ」

「ああっ！　なんとお優《やさ》しい。しかも騎士《きし》の命ともいうべき剣を二本も。これで私の命が二つになったようなものです。二度と折るような事がない様に誠心誠意頑張らせていただきます。本当に素晴《すば》らしいっ！　おおおおっ〜」

ベルリアが二刀を振《ふ》りながらかなり喜んでくれている。

やはり質も大事ではあるが量も大事だということかもしれない。ベルリアの喜びも本数に比例して倍になった気がするのでこれで良かったのだろう。

ただバスタードソードの方はB品なので丁寧《ていねい》に扱《あつか》った方がいいかもしれない。

ベルリアの装備も整い俺《おれ》は一階層でスライムを探すことにする。

遠征《えんせい》で獲得《かくとく》した魔《ま》核《かく》は全部売却《ばいきゃく》してしまったので、探索のためにスライムの魔核を狩《か》る必要があり、一階層でスライムスレイヤーとしての本分を果たす。

ただ、さすがに慣れた一階層でのスライム狩りは気を抜《ぬ》いてでも問題なくこなせている。

せっかくなのでベルリアにも新しい剣の使《つか》い心地《ごこち》を確かめてもらっている。

「ベルリア、新しい剣の使い心地はどうだ？」

「はい。スライムとは相性《あいしょう》が悪いですが、剣が二本あるとやっぱり良いです。一本の時と全く違《ちが》います。これから二刀流に励《はげ》みます」

「そういえばあまり詳《くわ》しく聞いた事がなかったけど、ベルリアってどうやってダンジョンに来てたんだ？」

「それは、初めてお会いした時の事でしょうか？」

「そう。お前以外に悪魔《あくま》ってまだダンジョンで遭遇《そうぐう》した事がないんだけど」

「それはですね、魔界《まかい》から大規模術式でこのダンジョンに送られたのです」

「それって何しに来てたんだ？」

「魔公爵《まこうしやく》様の命でオルトロスを連れてこのダンジョンの探索を行いにきたのです」

「散歩っていうわけじゃないよな」

「それは私にはわかりかねます。私は散歩がてら行って来いとしか言われておりませんが、魔公爵様の真意は測りかねます」

「そうなのか。もしかしてダンジョンを侵略《しんりやく》しようとしてたりしないよな」

「それはよくわかりませんが、既に深層には私以外にも送られた悪魔がいたようです」

「え～っ！　それって深層に行けば悪魔と交戦する可能性があるということか？」

「いえ、もしかしたらもう帰ってしまっているかもしれません」

「一つ質問だけど、他の魔族が出て来て襲《おそ》ってきたらお前はどうするんだ？」

「そんな事は聞くまでもありません。マイロードの剣として撃退《げきたい》するのみです」

「そうなのか。その魔公爵とかいうのが出てきたらどうするんだ？」

「私の主はマイロードと姫達《ひめたち》ですのでもちろん戦います」

「そうなんだ。でも悪魔が侵攻《しんこう》してくるとヤバいけど、どうしてこのダンジョンなんだろうな」

「それはたまたまだと思います。たまたま、術式に合致《がっち》したのがこのダンジョンだっただけで、他のダンジョンに行ける術式もあるようですが、秘術の類ですので」

「ご主人様、天使や神達もダンジョンに現れる事もあると思います。神や天使にとって、人間は特別味方という認識《にんしき》はないのです。恐《おそ》らく悪魔から見た人間と天使達から見た人間に対する意識はそれほど差がないような気がします」

「それって、場合によっては天使や神も敵になる可能性があるって事か？」

「そうですね。ダンジョンに執着《しゅうちゃく》する者が出てくれば人間とそういった事になる可能性はあります」

「シル、もし天使や神が現れて俺の敵に回った場合、シルはどうするんだ？」

「そんな事聞くまでもありません。ご主人様に敵対するものは即《そく》消去します」

「おい、海斗、くだらない事聞いてるんじゃないぞ、そんなの当たり前だろ！　わたし達を馬鹿《ばか》にしてんのか？」

愚問《ぐもん》だった。

俺は今猛烈《もうれつ》に感動している。

どうやら俺のサーバント三人はどんな事があっても俺の味方でいてくれるらしい。サーバントとは、もともとそういう存在なのか、それともこれまで築いてきた信頼《しんらい》関係の賜物《たまもの》なのかは分からないが、頼もしい限りだ。

それにしてもつくづくダンジョンとは不思議な所だと思う。

シル達サーバントを目の当《ま》たりにしているので別世界があるのは漠然《ばくぜん》と感じてはいたが、話を聞く限り、ダンジョンとは異世界と繋《つな》がる事の出来る場所という事なのではないだろうか？

人間と悪魔、神や天使そしてモンスターが同時に存在する事ができる空間がダンジョンという事だろう。

地上では決してあり得ない事だが、よく考えると、それってすごい事のような気がする。

まあ一高校生にすぎない俺には全く関係がない事ではあるが、少しだけ世界の神秘に触《ふ》れた気がする。

このダンジョンで世界の神秘に触れつつ俺はスライムスレイヤーとしての責務を果たす。

いろいろ試《ため》したものの、結局一番効率がいいのは殺虫剤《さっちゅうざい》ブレスであると結論付けて励む。

「ベルリアは士爵《ししゃく》でルシェは子爵《ししゃく》なんだよな」

「そうです」

「それがどうかしたのか？」

「いや〜。俺の住んでる所だとそういう階級と言うか爵位《しゃくい》って今はもう無いから、どんな感じなのかなと思って」

「どんな感じってどういう意味だ」

「そもそも悪魔の爵位って誰《だれ》が決めるんだ？」

「マイロードお答えします。通常爵位を決めるのは魔王様です。魔王様が決めるのですが、爵位は基本世襲《せしゅう》されますので一度叙爵すると、その家の者に引き継《つ》がれます。ただし士爵は違います。爵位を持った魔族が自分の裁量で任命する事ができます。もちろん無制限にということではないですが」

「それじゃあ、ルシェの家は子爵の家でベルリアは誰かに任命されたって事か」

「私は魔公爵様に任命されて士爵となる事ができましたが元々は平悪魔でした」

「じゃあルシェは？」

「わたしもそんなもんだよ」

「そんなもんってどんなもんだよ」

「いや、だからそんなもんなんだよ」

急にルシェの態度がおかしくなった。何か隠《かく》しているのか？　サーバントカードに子爵級と書かれているので爵位をごまかしているということはないと思うが一体なんだ？

「ベルリア、ルシェが何か変なんだけど」

「マイロード、恐らく姫様《ひめさま》は姫様なのですよ」

「はい？　何を言ってるかわからないんだけどどういう意味？」

「ですから、姫様の年齢《ねんれい》で家督《かとく》を継ぐというのは考え難いのですよ」

「まあ、それは幼児だし、大きくなってもまだ子供だもんな」

「子供とは失礼な奴だな。れっきとしたレディだ！」

「レディ………ぷっ」

「海斗、お前死にたいのか？　死にたいんだな、今すぐ殺してやる。『破滅《はめつ》の……』」

「ちょっと待って待ってくれ、冗談《じょうだん》だ。冗談だよ。れっきとしたレディだ。成長したお前はどこからどう見ても完璧《かんぺき》にレディだ。エクセレント！」

「そ、そうでもないけどな。わかってればいいんだわかってれば」

ルシェの奴今『破滅の獄炎《ごくえん》』を俺に向けて行使しようとしなかったか？　まさかとは思うが俺に対しては使えないんだよな。サーバントは主人には攻撃《こうげき》できないはずだよな。間違ってとか偶然《ぐうぜん》とかないよな。検証のしようがないので注意するほかない。検証の結果ダメならその時俺はこの世に存在していないだろうから。

「それでベルリアどういう意味なんだ？」

「ですので、姫様は家督を継がれたのではなく姫様自身が子爵であるということです」

「ごめんベルリア、それって何か違うのか？　俺には違いがわからないんだけど」

「全く違います。子爵の家の子供は家督を継げば子爵になれます。しかし、子供が子爵の場合、普通《ふつう》親は家督を譲《ゆず》っていれば隠居《いんきょ》して爵位はなくなっておりますが、そうでない場合は別の爵位を保有していることになります」

「う〜んよくわからないな」

「つまり子供が既《すで》に子爵なのであれば、その親はもっと爵位が上である可能性が高いと言うことです」

「あ〜っ、そういう事か。ようやく言っている意味がわかったよ。それじゃあルシェは子爵より上の爵位の家柄《いえがら》って事か。そうなのかルシェ」

「いや、別に」

「いや、別に」

「別にってなんだよ」

「俺達家族だよな。家族に隠し事《ごと》はよくないんじゃないか？　俺はルシェの事をもっと知っておきたいんだけど」

「そ、それは……まあ、そう」

「やっぱりそうなんだ。ベルリアよくわかったな」

「それは姫様の使われている『神滅』のスキルはかなり高位の悪魔にしか使用出来ないスキル系統なのです。ですので、最初から姫様は姫様なのだろうと思っていました」

「へ～っ。ベルリアすごいな」

「いえ凄《すご》いのは姫様です」

「そうか、じゃあルシェの家の爵位は何なんだ？　子爵より上だと公爵《こうしゃく》か侯爵《こうしゃく》になるのか？」

「…………」

「どうしたんだよルシェ、どっちなんだよ。ここまで言ったんだからいいだろ。俺にとっては魔界の公爵も侯爵も読み方一緒だし変わらないよ」

「マイロードそれはいくら何でも……」

「う～っ。どっちでもない」

「ベルリア、魔界の爵位って俺が知ってるの以外にもあるのか？」

「いえ、マイロードの言われているものだけです」

「ルシェどっちでもないってどういう意味なんだ？」

やはりルシェの言っている事は意味がわからない事が多い。

まあ俺はそれも含《ふく》めて可愛《かわい》い妹だと思っているが。

「ルシェ、嘘《うそ》ついてるんだな。ベルリアもこう言ってるぞ」

「う、うそはついてない」

「だって、公爵か侯爵しか無いって言ってるじゃないか」

「だからどっちでもないいんだよ」

「ベルリア、埒《らち》があかないんだけど」

「マイロード、おそらく姫様は嘘をついているのではなく、本当に姫様なのですよ」

「さっきからお前らの言っている意味がわからないんだけど、シルはわかるか？」

「はい。おそらくなのですがルシェは爵位では無く王位に連なる立場なのではないですか？」

多い？　大井《おおい》？　王位？　ルシェが王位に連なる？　それってルシェは王女様って事？

「シル、いくら何でもそれはないだろ。ルシェが王女？　ぷっ……」

「海斗、お前死にたいんだな。今すぐ死にたいんだな。『侵食《しんしょく》の息……』」

「あ～っ！　嘘だよ。冗談だ。ルシェは王女っぽい。王女でも何の問題もない。ファンタスティック！」

「それほどでもないって。それは言いすぎだろ、ふふっ」

い、今のは『侵食の息吹《いぶき》』に間違《まちが》いない。完全に発動させようとしていた。後少しで発動していたのか、それとも制約がかかって発動しないのか？　怖《こわ》い。命を賭《か》けてまで実験したくない。自分が狂《くる》って溶《と》ける事などイメージすらしたくない。

「それじゃあ、ルシェって本当に王女なのか？」

「正確には王女じゃない。子爵だからな」

「どういう意味なんだ？」

「だからわたしはもう家が別なんだよ。わたしは子爵家なの」

「……？」

「パパは王様だけどママが違うんだよ。だから……」

ルシェの言葉で流石に事情に疎《うと》い俺でも理解できた。

よくアニメやラノベであるやつだ。所謂庶子《いわゆるしょし》というやつだ。

それで今までルシェが言ってこなかったのか。ルシェの性格からして全開で自慢《じまん》してきそうな事なのにそれをしてこなかったって事はそれなりに事情があっての事だったんだな。

興味本位で聞いちゃったけど悪い事したな。

「あ〜、すまなかったな。あんまり触れられたくなかったんだな。事情も知らずにいろいろ聞いて悪かったよ。でも俺らが今の家族だからな。今日から俺の事、お兄ちゃんと呼んでもいいぞ！」

「は～？　お兄ちゃん？　何言ってるんだ気持ち悪い！　勘違《かんちが》いするなよ、別にパパにもママにも愛されてるんだよ！　好きにできる様に分家してもらっただけだ！」

「そうなんだ……」

気持ち悪い……。ルシェの言葉が心に刺《さ》さる。やっぱりルシェに気を使ったのが間違いだったかもしれない。

「ルシエ、私もあなたの姉なのですから頼《たよ》ってくれていいのですよ。ご主人様もあなたの事を気《き》遣《づか》ってくれているのです」

「シル、どさくさに紛《まぎ》れて何言ってるんだよ、姉はわたしだろ。シルはわたしの妹だからな。わたしがシルの事を気遣ってやるんだよ。勝手に姉になるな！」

ルシエ、今それか？　どう考えてもシルが姉だろ。みんなお前が妹だと思ってるぞ。末っ子の王女様……。ルシェの我儘《わがまま》キャラそのままな気がする。むしろ、腑《ふ》に落ちたというか納得だ。

「そうか～。ルシェは元王女様だったんだな。だからそんなに我儘……」

「は？　何か言った？　やっぱり死に……」

「いや、やっぱり元王女だけあって気品にあふれてるんじゃないかな。マーベラス！」

「気品って、それほどでもないだろ。何言ってるんだよ。ふふっ」

最近ルシェの扱いに慣れてきたというか熟達してきた気がする。

気分屋だけど非常に単純で、寂《さみ》しがり屋《や》だ。

まあ王女だったのは驚いたけど、俺たちの関係はこれからも変わらない。

俺が長兄《ちょうけい》でシルが姉でルシェが妹だ。

第四章 一三階層

今日はいつものパーティメンバーとダンジョンに潜る予定にしているが、二週空いただけで随分会ってないような錯覚《さっかく》を覚える。

「おはよう。みんな元気だった？」

メンバーを見つけたので声をかける。

「海斗《かいと》こそ遠征どうだったのよ？」

「そうです。どうだったのですか？」

「私も興味があるな。他のダンジョンはどんな感じだったんだ」

「ああ、思ったよりいろいろあって楽しかったよ」

「いろいろって何があったのよ。ちゃんと教えてよ」

みんな他のダンジョンに興味がある様なので、ダンジョンでの出来事を話していく。

「まず、ダンジョンなんだけど二層しかないんだよ。ひたすら広いフロアが広がっていてエリア毎《ごと》に階層が分かれている感じだったんだ」

「ここは全然違うんだな」

「はい、全然違っててモンスターも広さを活《い》かす為《ため》か足の速いモンスターばっかりでした」

「高速移動のネズミとかモグラだと大変そうだな」

「いえ、ネズミもモグラも出なくて、もっと大きい奴《やつ》ばかりでした」

やはりあいりさんもネズミとモグラには思うところがある様だ。

「暗くもなかったし、随分勝手が違いました。それで二日目に下層に落ちてしまって、仕方なくダンジョンで野宿したんです」

「海斗！　ダンジョンで野宿したの？」

「うん、そう。真司《しんじ》と隼人《はやと》とサーバントで泊《と》まったんだけど、結構快適だったよ」

「快適ですか？」

「床《ゆか》が硬《かた》かったけどエアマットでも用意しとけば一日ぐらいだったら結構いい感じだったよ」

「海斗、あなたやっぱりダンジョン潜るのすこし控《ひか》えた方がいいんじゃない？　感覚がおかしくなってる気がするんだけど」

「いや、本当に快適だったんだって。真司も隼人も同意見だったし」

「類は友を呼ぶ……」

失礼な言葉が聞こえてきたが無視だ。可能であればこのメンバーでも野宿体験してみれば良いのだろうが、それは流石《さすが》に無理っぽい。

「でもなんで下層に落ちたの？」

「あ～それはシルとルシェが張り切ったせいで床に穴が空いたんだ」

「そう、それは仕方がないわね」

「そうですね仕方がないのです」

「うん、お二人ならそういうことも有るな」

「………………」

やはりこの三人はシルとルシェの信者感が強すぎる。二人の行動に対して肯定的《こうていてき》すぎる。あの二人だって失敗もすれば、我儘な時だってあるんだ。しっかり見て欲しいものだ。

「それで二十階層から二十四階層迄《まで》通って帰ってきたんだ」

「今二十四階層って言ったよね」

「うん、そう」

「大丈夫《だいじょうぶ》だったのですか？」

「基本逃《に》げて逃げて逃げまくってたから大丈夫だったけど、何回かは挟《はさ》まれちゃって危なかったよ」

「どんな敵だったの？」

「亀《かめ》と虎《とら》と蜥蜴《とかげ》と鳥だった」

「海斗、もっと語彙《ごい》能力を磨《みが》いた方がいいわよ」

「とにかく四聖獣《しせいじゅう》の遠い親戚《しんせき》みたいな奴らで、ベルリアと隼人の武器が折れたりして苦戦したんだよ」

「ベルリアは大丈夫だったの？」

「一応真司の剣を借りてなんとかなったけど、二十階層以上は、俺にはまだ難しいよ」

「そんなの当たり前でしょ」

鋭《するど》くミクが突《つ》っ込《こ》んでくるがこの感じも久しぶりだ。

たった二週程度なので当たり前だが、みんなも変わってなくてこの感じが懐《なつ》かしい。

「だけど、どうにかなったし、このダンジョンの同じ階層のモンスターよりは怖くなかったかも。もしかしたらダンジョンによって強さが異なるのかもしれないな。そういえば俺のマントなんだけど溶けちゃったから、グレードアップさせたんだよ」

「海斗さん、前のマントと見分けがつかないのですが」

「見た目は同じだけど繊維《せんい》が違うんだよ」

「お値段を聞いてもいいですか？」

「三十万円だったよ」

「そうですか……」

「まあ、価値は人それぞれだからな」

「また買ったんだ……」

どうにもパーティメンバーにはこの至高のマントの良さが伝わっていない気がする。

俺達はゲートで十階層迄行ってからシル達を召喚《しょうかん》して目的の十二階層へと向かったが、相談の結果全員一致《いっち》でこの土日の探索で十三階層に抜けてしまう事を目標にする事が決まった。

やはりみんなも、モグラやネズミの相手は、早く卒業したいようだ。

「ご主人様、前方にモンスターの群れです。一斉《いっせい》にこちらに迫《せま》っています」

「群れ⁉　群れってどのくらいの数だ。みんな臨戦態勢を整えてくれ。シルは『鉄壁《てっぺき》の乙女《おとめ》』を頼《たの》む」

シルがこの階層で群れと言う表現を使った事は一度もない。

「おそらく数は十を超《こ》えていると思います」

今までこんな事はなかったので何かが起こっているのか？　それともたまたま俺の運が悪いのか？

シルが『鉄壁の乙女』を唱えてから程《ほど》なくして光のサークルに鋭利《えいり》な石のようなものが一斉に襲いかかってきた。

これは、何度もこの階層で味わった俺の苦手としているネズミの攻撃だが、数が多い。十どころではない。

「みんな、ネズミの群れだ。ミク、スナッチを頼んだぞ。数が多いから一体ずつ確実にいこう。サークルの中から魔法《まほう》でしとめるんだ」

正確な数はわからないが二十ぐらいは、いそうな気がする。

「小さい事言ってるんじゃないぞ、数が多いならまとめて倒《たお》した方が良いに決まってるだろ。いくぞ『破滅の獄炎』」

ルシェが速攻《そっこう》で敵がいるであろう場所に獄炎をお見舞《みま》いした。

まあ俺の指示とは違うが、ルシェはこのまま好きにやらせておけば問題ない。

俺は、前方の床をナイトスコープ越《ご》しに見つめるが七〜八メートル程前方を小さなネズミがチョロチョロしているので、バルザードの斬撃を飛ばす。

命中したかどうかは、残念ながらすぐには確認《かくにん》出来ないので、とにかく攻撃を繰《く》り返す。

ベルリアは二刀の活躍《かつやく》の場を求めて敵に向かって駆《か》け出した。

遠距離《えんきょり》魔法《まほう》の使えないベルリアには接近する他術《すべ》はないのだが、流石にこの数の中に突っ込んでいくのは危ない気がする。

「ベルリア無茶《むちゃ》するな。俺達にまかせれば良い！」

「マイロード、心配は無用です。この程度の数、マイロードに頂いたこの二刀の前では物の数に入りません」

見る限り、ネズミの集中砲火《ほうか》を浴びながらも器用に避けながら前に進んでいるので、こちらもそれほど心配ないのかもしれない。

前方に向かってヒカリンの『ファイアボルト』の炎雷弾とあいりさんの『アイアンボール』の鉄球が次々に打ち込まれていく。

ベルリアの更《さら》に前方ではスナッチが『ヘッジホッグ』を連発しているのが見える。

そこに極《きわ》め付けとしてルシェの『破滅の獄炎』の業火《ごうか》が追い討《う》ちをかける。

我《わ》がK-12の誇《ほこ》る魔《ま》法攻撃《ほうこうげき》のオンパレードでさながら打ち上げ花火のようだ。

ネズミに当たっているのかどうか俺の目では識別できないが、徐々《じょじょ》に石による魔法攻撃が弱まっているところを見ると、確実に敵の数が減っているようだ。

「そろそろ私も攻撃してもよろしいでしょうか？」

「あ～『鉄壁の乙女』の効果が切れたらいってみようか。ベルリアが攻撃を引きつけてるから大丈夫だろう」

「ありがとうございます。それじゃあいってみますね。『神の雷撃《らいげき》』」

『ズガガガガ～ン』

みんなが派手に攻撃しているのを見てシルも攻撃を掛《か》けたくなったのだろう。

ネズミの群れが出現した時は、かなり緊張《きんちょう》が走ったが、この調子であれば敵を殲滅《せんめつ》するのは時間の問題だろう。

俺も少しは役に立たないといけないと思い斬撃を繰り返すが、しばらくすると敵からの攻撃が止まった。

「シル、敵の反応は？」

「ご主人様、すべての敵を倒したようです。もう、モンスターの反応は見られません」

「それじゃあ、みんなで魔核を回収しようか」

全員で手分けをして床の上の魔核を回収したが全部で二十一個もあった。そして最後の魔核を回収しようと進んだ先にそれは落ちていた。

「こ、これは！」

何とそこにはウーパールーパー以来のモンスターミートがドロップしていた。

ネズミのモンスターミートだ！　相変わらず理屈《りくつ》は分からないが、質量の法則は完全に無視されており結構な大きさがある。

「ミク、これ今日食べるよな。前と同じ所で料理してくれるかな。前よりも多いから真司と隼人も呼んでいい？　滅多《めった》にないから一回食べさせてやりたいんだけど」

「私はもちろん良いけど、他の二人はどう？」

「もちろん良いですよ」

「いっぱいあっても食べ切れないからな」

時刻的に夕食に食べるのが良さそうなので、それまでは探索を継続《けいぞく》することにする。

ただやはりこの階層はやりづらい。足下《あしもと》の砂地そして一番はナイトスコープによる視界が原因だ。

「そういえば、ベルリアの剣が二本になってない？　二刀流なの？」

「はい、マイロードが私の為に剣を二本も下さったのです。これからは今までの二倍頑張ります」

「そうなんだ。でもそんなに重そうな剣を片手で大丈夫？」

「はい、全く問題ありません。この通りです」

「へ～っ。小さくてもやっぱり悪魔なのね、凄い力じゃない」

「はい。ミク様の事もお守りしますので安心して下さい」

「そう、よろしく頼むわね」

しばらく歩いているとシルから声をかけられる。

「ご主人様、前方に敵モンスターです。四体です、ご注意を」

臨戦態勢を整えて待っていると、突然《とつぜん》視界に燃え盛る炎の球が映ったので慌《あわ》てて回避《かいひ》する。

この炎の球はサラマンダーか！

炎の球に注意しながら地面を凝視《ぎようし》する。

いたっ！　小さいのが二匹《ひき》見える。

「みんな、サラマンダーだ、地面に向かって攻撃してくれ。ヒカリンは『アイスサークル』で攻撃、ミクはスナッチと一緒《いつしよ》に見つけ次第攻撃《しだいこうげき》してほしい。他のメンバーは後方待機で何かあったらすぐにフォローにはいって」

俺も目視できている火蜥蜴にむかってバルザードの斬撃を放つが、的が小さく、素早《すばや》く動くので当たらない。

平面ダンジョンで大きい相手に戦っていたせいで感覚がずれてしまっている。蜥蜴は蜥蜴でも竜《りゆう》の遠い親戚を相手にしていたので質量で言うと数千分の一？　いや数万分の一かもしれない。

当たらない。やはり俺とは相性が悪いので早く次の階層まで抜けたい。戦闘《せんとう》だけなら平面ダンジョンの二十四階層のモンスター相手でもどうにかなったので、モンスターの強さの問題ではなく明らかに相性の問題だ。

ベルリアも二本の剣を手に敵を捕捉《ほそく》しようとしているが、正直普通の剣でこの相手を倒すのは無理じゃないだろうか？　もっと面積の広い武器か魔法的なものが必要だと思うが、ベルリアにはどちらもないので無理っぽい。

しかし張り切っているベルリアは、そんな事は無視してひたすら火蜥蜴を追い回している。いっそのこと剣の腹の部分で、もぐらたたきのように押《お》しつぶした方が可能性はあるかもしれない。

ただベルリアは時々飛んでくる火球を双剣で斬《き》って落としているので、ある意味それで十分役目を果たしている。

俺達が手間取っている間にもヒカリンが『アイスサークル』で一匹を捕《と》らえたので、すぐさま俺がバルザードの斬撃を飛ばして消滅《しょうめつ》させる。

残りの三体もミクとスナッチのペアが確実にしとめていき程なく戦闘が終了《しゅうりょう》した。

「ヒカリン、ミク助かったよ。昨日も感じたけど久しぶりに相手にするとやっぱりここのモンスターは手強《てごわ》いというか、俺は苦手だな」

「小さいからしっかり狙《ねら》いを定めないと難しいわね」

「私は少し慣れてきた感じがするのです」

ヒカリンは慣れてきたと言っているから、これはやっぱり人間の感覚的なものだな。平面ダンジョンでのモンスターとの落差に感覚がついていってない感じがするので、次からはしっかり調整していきたい。

「ベルリアも少しやり方を変えた方がいいんじゃないか？」

「そうですね、ありがとうございます。次からは少し変えてみます。お任せください！」

相変わらず返事は良いが、本当に理解しているのだろうか？　ベルリアの場合、技術に頭の回転がついて行っていない気がするのが残念なところだと思う。

これで頭が切れれば、ものすごい戦力になっている気がするのに非常に惜《お》しいが、それがベルリアだと思うと、これはこれで愛着も湧《わ》いてくるので不思議なものだと思う。

その後、数回戦闘を繰り返しているうちに大分感覚を取り戻《もど》してきた。

取り戻したといっても俺はあまり活躍できていないが、とにかくスナッチが頑張《がんば》ってくれているので、主な攻撃はスナッチにまかせてスナッチが攻撃を受けないように俺とベルリアで防御《ぼうぎょ》するやり方を確立した。

この分業制を敷《し》いてからは劇的にネズミや蜥蜴を退治するペースが上がった。

ただし一角コウモリやドリルモグラについてはスナッチだけでは対処できないので、シルやルシェの力も借りている。

「結構先の方まで進んできてると思うんだけど、みんな大丈夫かな」

「全然大丈夫よ。スナッチとシル様とルシェ様ばっかり活躍してるから私達はそれ程《ほど》疲《つか》れてないわ」

「暗いのはそろそろ卒業したいので、早く進みたいのです」

「ここは私の出番はあまりないので大丈夫だ」

「それじゃあ、このままのペースで一気に進みますよ」

早くこの階層を抜けないと今の戦闘スタイルではパーティメンバーへの経験値もあまり入りそうにないのでとにかく十三階層を目指す。

理想を言えばゲートのある十五階層まで早く行ってしまいたい。

階層型のこのダンジョンでは一足飛びに先の階に行く事はできないので、その意味では遠征先《えんせいさき》のダンジョンの方が苦手なエリアを回避でき、効率がいいかもしれない。

ただ平面ダンジョンは調子に乗って進み過ぎる可能性があるのでそこは自制が必要だとは思う。

「ご主人様、敵モンスターです。反応が小さすぎて数がわかりません」

今までシルがこんな事を言ってきた事はない。今までとは違《ちが》うモンスターの可能性が高い。しかも数が捕捉出来ないとはどういう意味だ？

「念のためにシル『鉄壁の乙女』を頼む。みんな敵に備えておいて」

「はい。かしこまりました『鉄壁の乙女』。皆《みな》さん光のサークルの中へお願いします」

俺達《おれたち》は光のサークルの中で敵の襲来《しゅうらい》を待つ。

『フォン！』

突然風切り音と共に敵の攻撃が『鉄壁の乙女』によって阻《はば》まれた。

どこだ？　どこにいる。

「みんな、敵を確認できてる？　俺《おれ》にはどこにいるのか分かってない」

「私もわからない」

「ベルリアどうだ？」

「いえわかりませんが先程《さきほど》の攻撃が風系の魔法か何かなのはわかります。ただそこまでの高威力《こういりょく》ではないようです」

「俺とベルリアは地面を注視だ。他の三人は正面を、シルとルシェは上空を見ておいてくれ」

誰も目視出来ていないようなので、十四の目を最大限活かすしかない。

『フォン！』

再び風切り音がするが、音を追っても見つけることは出来ないので無視して地面に目を走らせるが、何も捉《とら》えることが出来ない。

地面にはいないのか？

他のメンバーからも捕捉の声は聞こえてこないので、まだ誰も捉えることが出来ていないようだ。

地中に潜《もぐ》っている事も考えられるが、今まで完全に地中にいる敵が地上に魔法攻撃をしてきた事は無いので地上からの攻撃な気がする。

どこだどこにいる？

「海斗、何か聞こえないか？」

「何がですか？」

「よく耳を澄《す》ませてみてくれ」

あいりさんに促《うなが》されて聞き耳を立ててみる。

『ブ～ゥン』

微《かす》かに複数の音がする。何の音だ？

「あいりさん、何か音がしますけど、この音って何の音ですか？」

「私にもよくはわからないが、羽音と言うか風切り音の一種に感じるんだが」

そう言われてみると何かの小さな羽音に聞こえない事もない。

しかしこの小さな音が羽音だとすると虫なんだろうか？

これだけ小さいと蜂《はち》とかの虫が考えられるが、確かに俺の知っている蜂の羽音に似ている気はするが、それにしては何となくリズムが一定では無い感じがして違和感《いわかん》がある。

とにかく羽音がすると言う事は敵は地面ではなく空中のはずだ。

「ベルリア俺達も空中を見張るぞ！」

俺達は十四の目全《すべ》てを空中に向けて小さな羽音の正体を確かめるべく神経を集中させた。

蜂の羽音に似た、微かな音が複数聞こえてきているので、敵がいるのは間違いないが、残念ながらまだ敵影《てきえい》を捉えることが出来ていない。

誰からも声が上がらないので俺以外のメンバーも見つける事が出来ていないのだろう。

「海斗、居たぞ！」

「えっ？　どこにいるんだよ」

「そこだって、そこ」

「どこ？」

ルシェは敵を発見したというが俺には見えない。やはりサーバントとの視力差だろうか。

「敵はどんな奴だ？」

「多分虫だ。蜂かハエじゃないのか」

「大きさは？」

「大きめの蜂ぐらいだぞ」

「ご主人様、私も敵一体を捕捉しました。ルシェの言う通り蜂だと思います」

「姫《ひめ》、おそらくあれは鳥です。小さなハチドリですよ。動きが虫にしてはおかしいです」

ベルリアも敵を捕捉したらしい。

ハチドリ……。

以前テレビか何かで見た記憶《きおく》がある。確かハミングバードとも呼ばれているんだっけ。花の蜜《みつ》を吸う蜂を少し大きくしたような高速移動とホバリングが可能な鳥。俺は実物を見た事はないが日本にもいるんだったかな。

他のメンバーからは声が聞こえてこないのでやはりサーバントだけが捕捉出来ているようだ。

「ベルリア倒せそうか？」

「おまかせ下さい。あんな羽虫のような鳥など私の敵ではありません」

そう言うとベルリアが前方に向かってダッシュして、双剣《そうけん》を数度振《ふ》るった。

「マイロード、仕留めました。見ていただけましたか？」

「いや、すまないが見てないというか見えない」

ベルリアが仕留めたと言うのだからおそらく仕留めたのだろう。

しかし、俺から振《ふ》ったとはいえ剣《けん》でハチドリを斬って落とすとはベルリア流石だな。昔の剣豪《けんごう》も真っ青の腕前《うでまえ》だ。

「ベルリア、まだ羽音が聞こえてるから、他にもいるぞ。注意してくれ」

未《いま》だに複数の羽音が微かに聞こえてくるので、注意を解く事はできないがそろそろ『鉄壁の乙女』の効果が消えてしまう頃《ころ》だ。

「シル『鉄壁の乙女』を再度使ってくれ。俺にはまだ敵が見えてないんだ」

「かしこまりました。距離《きょり》にして大体二十メートル程先の位置に敵がいるようです」

ナイトスコープを使用して二十メートル先の虫サイズの敵を認識《にんしき》するのは、サバンナかどこかで生まれながらに鍛《きた》えられていないと普通の日本人には無理な気がする。

もしサーバントなしで戦う場合、もっと前方まで踏《ふ》み込んで敵と交戦する必要がある。近づいて面の大きい武器で叩《たた》き落とすか、虫取り網を使うか、もしかしたら殺虫剤《さっちゅうざい》も効果があるかも知れない。

「俺には、その距離の敵は見えないからシル移動するぞ！　みんなも一緒について来て」

そう言ってシルを抱《だ》っこしたまま前方へと歩を進める。

「ご主人様。抱っこしていただけるときは一言いただいたほうが……」

ベルリアは二体目を仕留める為に既に前方へ移動しているが徐々に羽音が大きくなってくる。

推定距離が五メートルを切った辺りから徐々に敵影がナイトスコープ越しに確認できるようになってきたが、すぐに移動を繰り返しているので捉えたと思ったらあっという間に画面から外れてしまう。

確かに小さい。本当に注意深く見ないと気づかないレベルだ。

「みんな見えてる？」

「うん、見えてる」

「はい」

「ああ、小さいな、今までで一番小さいんじゃないか」

やはりこの距離まで進むと俺と同じようにみんなにも見えているらしい。

「あれ、いける？」

「私は無理ね。さすがにあのサイズを銃《じゅう》で落とせたら神業《かみわざ》よ」

「私は『アイスサークル』で閉《と》じ込めてしまえばいけそうな気もします」

「私も薙刀《なぎなた》では無理だな。もっと近づいてから『アイアンボール』ならいけるかもしれない」

「それじゃあ、ミクには後ろで控えてもらって三人とベルリアでやってみようか」

「ちょっと待て、わたしは？」

「ルシェはいざと言う時のために待機な」

「わかった。いざという時だな」

『破滅《はめつ》の獄炎《ごくえん》』なら一発かもしれないが、ルシェは燃費も悪いし出来る事なら俺達だけで倒しておきたい。

『アイスサークル』

ヒカリンの氷の檻《おり》が空中のハチドリを捉えて氷漬《づ》けにしたのを確認して俺がバルザードの斬撃を飛ばして氷ごと消滅させる。

ベルリアは二体目のハチドリに向かって鋭く双剣を振るい、見事斬り落とした。

秘剣ハチドリ返しだな。確実に燕《つばめ》より難易度が上な気がする。

これで三体を撃退《げきたい》したが、後何体だ？

目視出来る範囲《はんい》では確認できないが、まだ僅《わず》かに羽音が聞こえている。

「シル、残りの敵の場所は分かるか？」

「いえ、音の感じから大体の場所は分かるのですが目視する事はできません」

音がしているであろう周辺の空中部分が一面炎に包まれた。

『破滅の獄炎』

「ルシェ、何やってるんだよ」

「何って敵を倒したに決まってるだろ。いざという時に出番だって言っただろ」

「それは確かにそう言ったけど」

「敵の居場所が大体しか分からないんだから、いざという時だっただろ」

「まあ、そうかもしれないけど」

ルシェの言う事も一理あり、何も言い返すことが出来なかった。

耳を澄まして見ても、もう羽音は聞こえて来ないので、あれで全部だったのだろう。

ハチドリを倒した跡《あと》を確認すると、明かにハチドリよりも大きな魔核《まかく》が残されていた。

本体よりも大きな魔核が残されている時点で、質量保存の法則は無視されていると思う。

やはりモンスターやダンジョンには俺の常識は通用しないのだろう。

それからもペースアップしながら探索《たんさく》を続けて夕方になった時点で切り上げて帰ることにしたが、十階層でのシャワーは欠かせないので、いつものようにベルリアと入ってから地上へと戻る。

久々のモンスターミートを食べるべく、地上に戻ってすぐ真司と隼人に電話をしてみたが、残念ながら圏外《けんがい》だった。まだ時間が早いので二人でダンジョンに潜っているのかもしれない。

二人がいつ帰って来るか分からないので、残念だが次の機会に誘《さそ》うしかなさそうだ。

お腹《なか》もすいてきたので結局四人でこの前のフレンチレストランに向かう事にする。

前回同様、ドレスコードを無視したカジュアルな出で立ちで食事を迎《むか》えたが、何と言っても今回のメインは『ネズミのローストぺリグーソースがけ新春の風仕立て』だ。

見る限り高級フレンチにしか見えない。ネズミの影《かげ》も形もない。

ナイフで切って口に放《ほう》り込む。

「うまい！　うますぎる。今まで食べた肉の中で一番うまい」

溶ける様に柔《やわ》らかいが、それでいて噛《か》む毎に肉汁《にくじゅう》と濃厚《のうこう》な旨味《うまみ》が口の中に広がる。これが幸せの味なのだろう。そして濃厚な味わいの中にも爽《さわ》やかな後味、これが新春の風というやつだろうか。

「みんな美味《おい》しいね」

「はい、幸せなのです」

「私もネズミのモンスターミートは初めてだが、美味しいな。ビーフよりも旨味が一段上だな」

みんなも満足しているようでよかった。美味しい物を食べるとみんな幸せで笑顔《えがお》になれるので、今回はネズミのミートがドロップして本当にラッキーだった。

これからも、美味しい肉を食べれる様に充実《じゅうじつ》したダンジョンライフを送っていきたいとしみじみ思う。

真司と隼人はこんなに美味しい物が食べられなくて残念だが次回こそ一緒に食べれると良いな。

幸せ気分で家に帰ってくつろいでいると、その日の夜、母親から突然彼女《とつぜんかのじょ》が出来たのかと聞かれた。

「えっ？　突然なんだよ」

今まで一度もそんな事を聞かれたことがないので、急にどうしてそんな事を聞いてくるのか不思議に思い確認してみたが、土日になって外から家に帰ってくる度にお風呂《ふろ》に入ったいい匂《にお》いがしてくるので、女の勘《かん》が働いたのだそうだが、見当違《けんとうちが》いもいいところだった。

母親にダンジョンの十階層にシャワーがあって、汗《あせ》を流す為に入ってから帰っているのだと説明すると大爆笑《だいばくしょう》されてしまい、

「あははは、おかしいと思ったわよ。海斗に限ってね〜。無いわよね」

さらっと失礼な事を言われてしまった。

俺だって彼女《かのじょ》ぐらい出来ていても不思議はない筈《はず》だ。男子高校生の母親の反応としてはおかしい気がする。

その後、何度も好きな子はいないのかとか、周りに気になる子はいないのかとか色々聞いて来たので、完全にスルーしておいた。

俺だって好きで彼女がいないわけじゃないんだから本当に大きなお世話だ。


翌朝は九時からダンジョンに向かった。

「みんな、今日こそ十二階層を抜《ぬ》けられるように頑張ろう」

俺達は十階層の視線も物ともせず、十二階層を邁進《まいしん》していった。

ダンジョンとは不思議なもので、初めてのエリアは何時間もかけなければなかなか進まないのだが、一度マッピングが済んでしまったエリアについては、かなりのペースで進む事が出来る。

なので昨日の到達《とうたつ》エリアまではかなり早い時間帯に着く事が出来た。

「よし、それじゃあここからは慎重《しんちょう》に進んでいこう」

再び気合を入れてトラブルを避けながらペースアップを図《はか》る。

何度か敵に遭遇《そうぐう》したものの、今まで対戦した事のあるモンスターばかりだったのでもしかしたら、昨日迄で十二階層の全てのモンスターと出会ってしまったのかもしれない。

モンスターについては何度対戦しても気を抜く事は出来ないが、やはりダンジョン攻略《こうりゃく》と似たところもあり一度対戦したモンスターについては二度目からは、比較的《ひかくてき》対戦が楽に進む傾向《けいこう》があるので、攻略スピードも自然と上がっていった。

「海斗、あれ階段じゃない？」

「おおっ、本当だな。やった。ようやく十二階層を攻略出来たみたいだ」

「ようやくこの暗いのから解放されるのですね」

「海斗、最後に気を抜かないようにいこう」

「そうですね」

最後に待ち伏《ぶ》せの可能性もあるので慎重に階段の所まで進んだが、幸いな事に何も起こらなかった。

「大丈夫そうだな」

これで次はようやく十三階層だ。

十三階層への階段を慎重に降っていく。

十三階層はどんな階層だろうか。まさかとは思うが、蚊《か》やハエのモンスターが巣くう階層とかはやめて欲《ほ》しい。万が一そんな小さな羽虫ばかりが出現するエリアで殺虫剤ブレスが有効でなかったりしたら流石に心が折れそうだ。

そんな心配をしながら一歩ずつ階段を降りていくと、そこには普通《ふつう》に明るいダンジョンが広がっていた。

俺達はナイトスコープを外して周囲を見回す。

「暗くないな。ナイトスコープ使わなくていいだけでも楽になるよな」

「そうね、暗いと視界も限定されてたし解放感があるわね」

周囲にモンスターはいない様だが足下にも変化が見て取れる。

今までの砂地から土へと変化している。それなりの硬さがあるので今までよりも踏ん張りが利《き》き探索も疲《つか》れにくそうだ。

「どうしようか？　今日はここまでで切り上げてもいいと思うけど、もう少し進んでみるのもありかな」

「私はどっちでもいいわ」

「私もです」

「海斗にまかせるよ」

「それじゃあ折角《せっかく》だからもう少し進んでみましょうか。危なかったらすぐに撤退《てったい》しましょう」

本当は引き返してもよかったのだが、好奇心《こうきしん》には勝てなかった。ようやく出た明るいエリアに興味を惹《ひ》かれてしまったので、これぱっかりは探索者としての本能だし仕方がない。

歩き始めるがやはり歩きやすい。そして温度が適温に近いので先程までと疲労《ひろう》感が全く違う。

これは快適だ。この階層ならピクニックか野宿が問題なく出来そうだ。

気分よくいい感じでマッピングしながら進んで行くとシルが十三階層のファーストモンスターの出現を告げた。

「ご主人様モンスターです。三体ですが、それほど動きはないようです」

この階層初めてのモンスターだがどんなモンスターだろう。楽しみ半分緊張半分で敵を待ち受けるが一向に現れない。

「シル、敵が来ないんだけど」

「いえ、たしかに前方にいますが動きがほとんどないようです」

動きがほとんど無いモンスター……何だ？　平面ダンジョンの亀のような敵か？

待っても全く反応が見られないので、こちらから敵モンスターの場所まで向かう事にした。

進むとすぐに敵モンスターを確認する事が出来たが、どうやら少し動いてはいるようだ。

前方に現れたのは俺の背と同じくらいの高さの木。いや木のモンスターだった。よく見ると三種類共、木の種類が違う気がするが何の木かはわからない。そもそも俺には桜の木ぐらいしか区別がつかない。

観察を続けると目と鼻と口が幹の部分についている。何となくファンタジーを感じるが、リアルで見るとちょっと気持ち悪い。

木のモンスターといえばトレントか。

木の種類が違っても同じくトレントなんだろうか？

しばらく全員で観察していたが、この人数で観《み》ていると流石《さすが》にトレントに気づかれてしまったようで、こちらにゆっくり顔を向け攻撃《こうげき》を仕掛《しか》けてきた。

緩慢《かんまん》な動きなのでどうやって攻撃してくるのかと思っていたが、いきなり魔法を使ってきた。

それぞれ三体が別の魔法を発動したようで、足下には以前、戦った疑神が使ってきたのと同種の植物の蔓《つる》が伸《の》びてきて俺達を捕《つか》まえようと襲《おそ》ってくる。

そして正面からは木の槍《やり》と木製のボールが次々に飛んでくる。

いくら木製とはいえこれに当たったらただでは済みそうにない。

「みんな距離をとって散開して。ベルリアはみんなを守ってくれ。ルシェ『破滅の獄炎』

を頼んだぞ。ヒカリンも余裕《よゆう》があったら『ファイアボルト』を頼む」

敵の事が良く分かっていれば他の戦略もあるのだろうが、普通に考えて、まず安全を確保してから木には炎だろう。

「わたしの出番だな。まかせとけって。木の化物なんか一瞬《いっしゅん》で炭にしてやるよ。『破滅の獄炎』」

やはり木のモンスターに炎は特効だったようで、モンスターを炎が包んだ瞬間《しゅんかん》、燃え上がり苦しみながらもすぐに炭化して消滅してしまった。

「私も負けてはいられません。『ファイアボルト』」

ヒカリンが放った炎雷もトレントに着弾《ちゃくだん》と同時に炎が燃え広がり一気に全焼《ぜんしょう》して消滅に追いやった。

「もう一発いくのです。『ファイアボルト』」

ヒカリンの二発目の炎雷が最後のトレントに見事着弾して、先程と同じ様に燃やし尽《つ》くしてしまった。

流石は魔法少女、普段《ふだん》シルとルシェの高火力魔法の陰に隠《かく》れているが、ヒカリンの魔法攻撃は、本当に優秀《ゆうしゅう》だ。

とりあえずトレントには、思った通り炎が特効の様なので、次出てきたら二人とミクにも活躍してもらおう。

俺の場合バルザードはそれなりに効果がありそうだが『ウォーターボール』だと効果が薄《うす》そうだ。むしろブレスレットを使用せずに発動すると逆に活力を与《あた》えてしまうかもしれない。

トレントは難なく片づけることが出来たが、この階層は初探索なので深追いせずにそろそろ帰ろうと思う。

「みんな今日はそろそろ引き上げようか」

パーティメンバーに声をかけてから、全員で来た道を引き返すことにする。

この階層には普通に植物が生えており、草だけではなく木も生えている。

シルがいるので大丈夫《だいじょうぶ》だとは思うが、パッと見はトレントと見分けがつかない木も結構生えている。

木があるって事は昆虫《こんちゅう》とかもいるのかなと考えながら十二階層への階段までの道を歩いているとシルが突然妙《とつぜんみょう》な敵の出現を告げる。

「ご主人様、敵モンスターです。恐《おそ》らく二体だと思うのですが、気配が薄いです」

「気配が薄いってどういう意味だ？」

「間違《まちが》いなくモンスターはいますが、存在というか気配が薄いんです」

いまいちシルの言っている意味が分からないが、とにかく敵襲《てきしゅう》に備えないといけない。

「みんな、よくわからないけどベルリアとあいりさんが前衛に、俺はその後ろにつきます。ミクとスナッチ、ヒカリンは後衛で、もしトレントだったらヒカリンとルシェは魔法《まほう》を頼《たの》む」

陣形《じんけい》を整え敵モンスターを待ってみるがやはり何も現れない。

先程の戦闘と同じ展開なので今回の敵もトレントのような気がする。

「来ないからゆっくり進んでみようか」

陣形を崩《くず》さず歩調を合わせて前方に進んで行くが、それらしいモンスターが見当たらない。

「シル、見当たらないんだけど、間違いか？」

「いえ、もう近くに居るのは間違いありません」

どこだ？　土の中か？

警戒《けいかい》してみるが反応は無い。

「みんな、モンスターを確認《かくにん》できてる？」

「……………」

返事が無い。やはり誰《だれ》も認識出来ていない様だ。

『ドサッ』

シルの勘違《かんちが》いかと思った瞬間、突然あいりさんがうずくまってそのまま地面に倒《たお》れ込《こ》んだ。

なんだ。何が起こった。敵襲か!?

「あいりさん大丈夫ですか！　どこをやられたんですか?」

「………」

あいりさんからの返事が無いので顔を窺《うかが》うと意識がないようだ。

「ベルリア、あいりさんを頼む。シル『鉄壁《てっぺき》の乙女《おとめ》』だ！」

何だ？ 何の攻撃だ？ 風系の攻撃か？　あいりさんは一体何の攻撃を食《く》らったんだ？

『ダークキュア』

ベルリアがあいりさんに治癒魔法《ちゆまほう》をかけると、あいりさんはすぐに意識を取り戻した。

「あいりさん、大丈夫ですか？　どんな攻撃を受けたか覚えてますか?」

「私は……」

「あいりさん、意識無くなってたんですよ」

「そうか……何をされたのかわからない。意識を失う程《ほど》強力な攻撃を受けた記憶は無いが」

攻撃で意識を失ったのでなければ何だ？　今までにはなかった攻撃パターンだ。

「マイロード、あいり様には外傷はない様でしたので、恐らく精神系の攻撃ではないでしょうか？」

「精神系ってどんなの？」

「例えばルシェ姫の『侵食《しんしょく》の息吹《いぶき》』とかですね」

「えっ！　あいりさん溶《と》けちゃうのか？」

「………嘘《うそ》でしょ」

「いえ、あれは精神系でも特殊《とくしゅ》ですから、眠《ねむ》りや混乱、気絶などです」

ベルリアの話通りだとするとあいりさんがくらったのは眠りか気絶だろう。

しかも本人が気づかないうちに効果を発生させているのだから相当にやばい。

「ベルリア、防ぐ方法はあるのか？」

「シル姫の『鉄壁の乙女』であれば効果を防げる可能性は高いと思われます。あとは意識して耐《た》えるしかありません」

それにしても直接的な攻撃と違っていつ何処《どこ》から仕掛けられたのかが全くわからない。

精神系の攻撃がこんなに厄介《やっかい》だとは思わなかった。身構えるだけでプレッシャーがかかる。

しかし、敵が近くにいてこちらを認識していることだけは間違いない。

「ミク、スナッチにヘッジホッグを発動させてくれ。どこにいるかわからないから全方向を攻撃するしかない」

俺の要請《ようせい》に応《こた》えてスナッチが『ヘッジホッグ』を発動させ周辺を鉄の針が襲ったが、残念ながら反応はない。

一体敵はどこから攻撃しているんだ？

「海斗、どうするつもり？」

どうすると言われても敵の正体がわからない以上、対応を思いつく事が出来ない。

「う〜ん。どうしたらいいだろう」

「海斗、馬鹿《ばか》なのか？　敵がわからないんだったら一面燃やし尽くせば問題ないだろ」

「まあ、確かにそうだけど」

「それじゃあ、わたしがやってやるよ。まかせとけ」

一見無茶苦茶《むちゃくちゃ》な提案だが、ルシェの言う事も無視出来ない。

「わかったよ。それじゃあ、それで頼んだ」

「隠れてても焼けば出てくるだろ『破滅の獄炎』。なんだこっちにはいないのか？　それじゃあ、そっちか？『破滅の獄炎』」

ルシェが『破滅の獄炎』を連発した瞬間、それは動き出した。

なんと地面から生えていた草が動いて逃《に》げ出した。

草だ！　草が動いた。草というか背の高い雑草だが、もしかしてこれがモンスターの正体か？

確かに木のモンスターがいるのであれば草のモンスターがいても不思議ではない。

木と草の違いはあるが分類すると、これもトレントの一種なのかもしれない。

完全に雑草と化していたので全く気づかなかった。所謂《いわゆる》擬態《ぎたい》していたのかもしれない。

基本動かず、来たものを攻撃する。今までのモンスターとは違い、完全に待ち受け型なのでまんまとその作戦にハマってしまった。

ただ草トレントの誤算は俺達には規格外のサーバントがいた事だ。

逃げ出した草トレントをよく見ると小さな目と口が見て取れるが、本当によく見ないと気付かない。

必死で逃げる草トレントに向かってヒカリンが『ファイアボルト』を放つと、着弾と同時に一気に燃え上がって消滅《しょうめつ》してしまった。木と草の違いはあれど、やはり炎が特効らしい。

あと一体いるはずだが、同じ様な雑草がまだ何本か残っている。

「よしルシエ、今度はあっちの草に向かって頼む」

「よしあっちだな」

ルシェが雑草に意識を向けて『破滅の獄炎』を放とうとした瞬間、今まで全く動きを見せなかった雑草が全速力で逃げ始めた。

自分の生命の危機を感じたのだろう。だがそれは悪手でしかない。完全に丸見え状態だ。

「馬鹿じゃないのか。所詮《しょせん》草だな、逃げたら狙うに決まってるだろ。『破滅の獄炎』」

逃げる草トレントの背後からルシェの『破滅の獄炎』が炸裂《さくれつ》してあっという間に消え去ってしまった。

正直炎が特効の草トレント一体に獄炎は完全にオーバーキルだった。

「シル、反応はどうだ？」

「大丈夫です。さっきので全部です」

「良かった。それじゃあ注意しながら戻ろうか」

帰る途中《とちゅう》で足止めされたので、魔核を回収して再び十二階層に向かって歩き出そうとするとルシェが騒《さわ》ぎ始めた。

「海斗、お腹が空いて死にそうだ。忘れてるだろ、早くくれよ」

「私もお願いします」

今度はルシェとシルに足止めされてしまったが、これぱっかりは仕方がない。

二人にしっかりスライムの魔核を渡《わた》しておく。

「うん。満足だ～」

「ありがとうございます。おいしかったです」

まだはっきりとは分からないが、この階層は植物系モンスターのエリアなのかもしれない。

まあいずれにしても十二階層同様、魔法を使ってくるので細心の注意を払《はら》う必要がある。

特に精神系の魔法を連続で使われると冗談抜《じょうだんぬ》きで全滅《ぜんめつ》する可能性がある。

俺達のパーティの場合は状態回復が出来るベルリアがいるので、ベルリアさえ大丈夫であればなんとかなるはずだ。

士爵《ししゃく》級悪魔《あくま》であるベルリアが精神系魔法を受けて一瞬でやられてしまう事は想像出来ないので、多分問題ないとは思うけど注意は必要だ。

そこからは急いで引き返していつものように十階層でシャワーに入ってから帰ったが、家に着くとまた母親にそのことを突《つ》っ込まれた。

「またシャワーに入って来たのね。いい匂いね。今度お風呂セット持って行ったら？　買っておいてあげるわよ」

俺の母親はそんなに気が回るタイプではなかったと思うのだが、折角くれると言うなら今度から持って行って使ってみようかな。

火曜日の放課後俺は春香《はるか》と写真を撮《と》っている。

春香と写真を一緒《いっしょ》に撮る約束をしたものの、土日はダンジョンへ潜らないといけないので、春香に相談した結果放課後に写真を撮る事にした。

ちなみに俺には写真撮影《さつえい》の趣味《しゅみ》は一切《いっさい》なく、今までスマホ以外での撮影もした事がない。

しかも残念な事に写真を撮るような機会はあまりなくスマホでも撮影した事は殆《ほとん》どない。

今までの俺には一緒に写真を撮るような相手と場面が極《きわ》めて少なかったからだ。

「それじゃあね、今日は、夕暮れ時の写真を撮ろうと思うんだけどいいかな？」

「もちろん良いよ。春香におまかせするよ」

そう言って二人で撮影ポイントまで移動した。

日が落ちる前に学校から近くの少し高台になっている所まで二人で並んで歩いたが、このシチュエーションはまるでデートのようだ。俺《おれ》はカフェの時とはまた違《ちが》った感じで、結構ドキドキしながら歩いているのだが、春香は何も感じていないのだろうか？

この笑顔を見る限りいつもと変わらないように見えるので、俺一人で舞《ま》い上がっているのだろう。

「それじゃあこの辺りでいいかな」

　そう言って春香が鞄《かばん》から取り出したのは、結構大きな一眼レフと呼ばれる本格的なカメラだった。

「春香、本格的なんだな。俺もっとコンパクトなデジカメをイメージしてたよ」

　完全に意表を突かれてしまった。てっきりスマホの延長線上にあるコンパクトなデジカメでもっとライトな感じでパシャパシャ撮るものだと思《おも》い込んでいたが、思いの外本格的なものが出てきた。

　写真撮影が趣味とは聞いていたが、俺が考えていたよりもずっと本格的な趣味だったようだ。

「うん。最初はコンパクトカメラで撮ってたんだけど、段々もっと上手《うま》く綺麗《きれい》に撮りたくなってきちゃって、お小遣《こづか》いを貯《た》めて買っちゃったんだよ」

「そうなんだ。でも俺そんな本格的なカメラ使った事ないから、撮るの無理じゃないかな」

「大丈夫だよ。殆ど自動で撮れちゃうから、少し教えればすぐに撮れるようになるよ」

　そう言われて、春香から撮影のレクチャーを受ける事になったが、これがまた俺には刺《し》激《げき》が強すぎた。

　当たり前だがカメラは一個しか無く画面も一つしかないので、レクチャーを受けている間中、春香の手が触《ふ》れたり、身体が近づいたりして俺の精神衛生上良くない状態がしばらく続いた。

何とか、カメラの使い方も聞いてはいたが正直それどころではない。

今まで学校でも、春香とこんなに近くにいた事はない。

俺、臭《くさ》く無いだろうか？　昨日、今日と変な物食べてないよな。それより汗の匂いとか大丈夫か？

春香は……いい匂いがする。やばい俺変態みたいだ。でも……いい匂いがする。

春香の手に触れたのは小学校低学年以来だと思うが、こんなにも可憐《かれん》で柔らかだっただろうか？

よく白魚《しらうお》のような指とか比喩《ひゆ》するが白魚どころではない。金魚……いやそれはおかしいな。魚では表現出来ない。絹のような、マシュマロのような、美術館の彫刻《ちょうこく》のようなとにかく、今まで見た中で一番素晴《すば》らしい手だ。まあ、俺も今まで人の手を気にした事など余りないので、もしかしたら女の子の手はみんなこんな感じなのかもしれないけど。そういえばパーティメンバーの手も余り観察した事がなかった。

とにかくこのビーナスのような素晴らしい手であれば、素晴らしい写真が生まれるのも当然な気がする。

「それじゃあ、私が試《ため》しに撮ってみるから一緒に見ておいてね」

まだ目的の時間ではないが練習の為《ため》に春香が写真を撮ってくれる。

『カシャ、カシャ、カシャ』

写真が連写される音が聞こえてくるが、春香の撮影している姿を斜《なな》め後《うし》ろの近距離《きんきょり》から見る。写真を真剣《しんけん》に撮っている春香はすごくいい。

撮影しているのは春香だが、できる事ならこの瞬間を俺が写真に収めたいぐらい様になっている。

ボーッと春香が写真を撮っているのを眺《なが》めていると今度は俺が撮影する番になったのでカメラを受け取るが、かなり重い。いくらオートとはいえ俺にきちんと撮れるだろうか？

やるからには頑張《がんば》って、何とかいい写真を撮ってみたい。

俺は恐る恐るシャッターボタンを押《お》してみる。

恐らくボタンも機能も色々ついているのだとは思うが、自動でピントを合わせてくれてシャッターボタンを押すだけなので、完全初心者の俺でも一応写真と呼べるレベルのものが撮れている。

「どうかな。これで問題ないのかな」

「うん、結構いい感じだと思うよ。後は時間だけだけど、暗くなる前の夕暮れ時って撮って楽しいっていうか、毎回表情が違って同じ写真は一枚もないから、きっと海斗も気にいるよ」

「そうかな。そうだといいけど」

夕暮れ時が、毎回違うのは何となく理解できるが、そんな風に夕暮れの事を思った事は一度もない。

叙情的《じょじょうてき》に時間の移り変わりを語る俺……。

うんイメージが全くわかない。

だが今日の景色はいつもと違って見える。それは俺の横に春香がいるからに違いない。

どうやら今日は俺がその瞬間を撮る日らしく、カメラはそのまま俺が持ってその時を迎えた。

「そろそろだと思う。カメラを構えて撮ってみて」

「あ、ああ、それじゃあ、やってみるよ」

夕暮れの景色に向かってシャッターを押すが、カメラの性能のおかげでそれなりに上手く撮れている気がする。

「春香、どう？　結構上手く撮れてると思うんだけど」

「うん、いいんじゃないかな。優《やさ》しい感じに撮れてると思うよ」

優しい感じに撮れてる？　写真って優しいとか怖《こわ》いとかあるのか？　カメラで撮るんだから誰が撮っても同じ感じになるんじゃないのか？

素人《しろうと》の俺には理解が難しい世界だ。

「それじゃあ、残りの時間は海斗の好きなように撮ってみていいよ」

う〜ん、好きなように撮っていいと言われても、芸術的センスが欠落しているのか正直どうしていいかよく分からない。同じ景色を撮ってみても違いがよく分からない。

「じゃあ、春香も一緒に撮っていいかな。同じ景色を撮ってても、俺には難しいみたいで」

「私？　私を撮っても意味ないよ」

「いやいや、十分意味あるからお願いします。その方が絶対うまく撮れると思うんだ」

「そう、それじゃあ、お願いします」

よく考えるとこうして春香の写真を撮るのは初めてな気がする。

夕暮れをバックに春香がこちらを向いてくれているので、暗くなる前に写真に収めたい。

「それじゃあ、撮るよ。笑顔がいいかな」

笑顔を向けてくれる春香をカメラで連写する。ファインダー越《ご》しに見る春香はいつもの春香とは少し違って見え、まるでどこかのアイドルみたいだ。

そこまで写真を撮る事に乗り切れていなかった俺だったが、この瞬間にスイッチが入った。

この瞬間の春香は今写真に収めないと二度と会う事が出来ない今だけの春香だ。

そう思うと食い入るようにファインダー越しに見つめて連写する。

春香の立ち方と表情が変わるので、その変化を逃《のが》すまいとシャッターを押す。

俺はダンジョンでも見せた事のないような集中力を見せる。今の俺なら上位探索者にも迫《せま》るかも知れない。

写真のタイトルは『春香と夕暮れ』だ。あくまでも春香がメインで夕暮れはおまけだが、どの写真も素晴らしい。

俺はアイドルとかには興味が無いので、撮影会《さつえいかい》とかで写真を趣味としている人の気持ちは今まで全く理解出来なかったが今なら良くわかる。

春香のこの瞬間を写真に残したい。

無心でシャッターを押していると、日が落ちて辺りが薄暗《うすぐら》くなってきた。

「海斗、暗くなって来たからそろそろ終わりにしようか」

「あ～うんそうだね。終わりにしようか」

夢中になっていたので時間の経過を忘れていた。もう少し撮っていたかったが仕方がない。

「すごく集中してたね。写真撮るの楽しかったの？」

「うん、こんなに楽しいと思わなかったよ。夢中になっちゃったよ」

「それはよかった。誘った甲斐《かい》があったよ」

「また機会があったら誘ってよ」

「うん、今度は明るい時間帯がいいかな～」

帰り道、先程《さきほど》撮った写真を二人で並んで歩きながら確認したが、来る時同様に緊張《きんちょう》してしまった。

ただ素人である俺の撮った写真は素晴らしく良かった。写真がいいというか写真の中の被写体《ひしゃたい》である春香が良かった。

そこら辺のグラビアアイドルなど相手にならない美少女がそこにいた。

全部で百枚ぐらいは撮っただろうか？

よく考えると、この素晴らしい写真は全部春香のカメラで撮った写真だ。という事はこの写真は俺の手元には残らないと言うことか！

やってしまった！　写真を撮るのに集中しすぎて自分のスマホで撮るのを忘れてしまった……。

折角《せっかく》俺のスマホの待ち受けを春香に出来るチャンスだったのに、どうやら俺は集中すると周りが見えなくなるタイプらしい。

あの写真は欲しいが、春香に欲しいと言うのも言い辛《づら》いのでどうしようもない。今度は必ず自分のスマホでも撮るようにしようと心に決めた。

第五章 家族旅行

告白直後はスッキリした表情を見せていた真司《しんじ》だが、日を重ねるごとに明らかに様子がおかしくなってきた感じがする。

「真司、どうしたんだよ。どんどんやつれてないか？」

「ああ、それがもう週末なのにまだ前澤《まえさわ》さんから返事がないんだ」

「そうか……返事が無いのは多分真剣に考えてくれている証拠《しょうこ》じゃないか？」

「そうなのかな」

「そうだぞ、お前の気持ちは一週間も待てないぐらいのものだったのか？　一年だって待つぐらいの気持ちで告白したんじゃないのか」

「それはそうだけど」

「じゃあ、返事が来るまで気長にリラックスして待てよ。その方が結構良い結果につながるかもしれないだろ」

「お、おおっ。海斗《かいと》にそう言ってもらえると気が楽になったよ」

「それはよかったよ」

真司にはそう言ってはみたものの、一週間返事が無いのか……。俺ならメンタルが崩壊《ほうかい》してしまいそうだ。

本当に一年返事がなかったら真司は受験どころではなくなってしまうかもしれない。たとえだめだとしても、前澤さんには早めに返事をしてやってもらいたいけどこればっかりはなぁ。だけど真司はあの感じだし、あまり遅《おそ》いようだと春香《はるか》に聞いてみてもいいか。

翌土曜日は再び朝から十三階層にアタックしている。

「みんな、この階層で怖いのは精神系の攻撃だからとにかく集中だ。シルが敵を感知したらとにかく精神集中だ！」

「海斗、精神集中ってそんなので防げるの？」

「い、いやそれは分からないけど、やらないよりはやった方がいいだろ」

「海斗さん精神集中って何に集中すればいいのですか？」

「それは、自分と敵かな」

「まあ、私は普段から集中してるつもりだったのにダメだったけど」

モンスターに対して一般的《いっぱんてき》な探索者《たんさくしゃ》以上の知識を持っていない俺には根本的な解決策は

思いつかないが、とにかくどんどん進んでいくしかない。

「ご主人様、敵モンスターです。恐らく三体です」

シルが恐らくと言うぐらいだから、また小さいか隠れているかのどちらかだろう。

やはり前回同様待っていても何も現れない。植物系のモンスターは待ち受けタイプが多いようだ。

全員で陣形を整えて進んでいくが、どこにも敵が見当たらない。

前みたいに擬態《ぎたい》してそうな草も見当たらない。

「シル、何もいないんだけど間違いないか？」

「はい間違いありません。もう、すぐ近くまで来ているはずです」

どこだ？　今度は本当に見つからない。最近敵モンスターをすぐに見つけられないパターンが増えている気がする。

「マイロード飛んでください」

ベルリアの短い言葉に身体が反応して、横っ飛びにその場から避難《ひなん》した。

ジャンプしながら今まで自分がいた場所を目視するが地面から何本もの木の根の様なものが突き出していた。

地表に出た部分をベルリアが剣《けん》で切断する。

「ベルリア、地中か！　木の根による攻撃だな。みんなも一カ所に留《とど》まるのはまずい。移動しながら地中へ向かって攻撃しよう」

しかし地中への攻撃か。普通に剣とかでは難しそうだ。俺達《おれたち》パーティはシルとルシェがいるので、二人がいればどうにでもなるが他のパーティはどうしているのだろうか？

魔法を使ったり、爆破《ばくは》出来る様な道具類を持ち込んでいるのかもしれない。

「シルとルシェは、根が出て来た所を下に向かって攻撃してくれ。ヒカリンとミクとベルリアは地上に出て来た部分を攻撃して」

「マイロード、足下《あしもと》です」

ベルリアの声に横っ飛びに離脱《りだつ》する。

俺がターゲットになっているのか先ほどまでいた足下にまた根の様な物が大量に顔を見せた。

他のメンバーの足下にはまだ現れていないので、いつもの様に俺が狙《ねら》われているのだろう。

女の子達《たち》に攻撃が集中するよりは全然良いのだが、相変わらず俺ばかり狙われる理由が分からない。

やはり末吉《すえきち》のせいかもしれないので、本気で春香と一緒におみくじを引き直しに行ってみた方がいいかもしれない。

「ベルリア、ヒカリン、ミク頼んだ！」

ベルリアは二刀で根を斬り落とし、ヒカリンが残った部分に向けて『ファイアボルト』を放つ。ミクも同時に『スピットファイア』を連射すると、それぞれが着弾した地上部分の根が一気に燃え上がり、そのまま地中部分にも炎が伝播《でんぱ》していったように見えた。

「シル、反応はどうだ？」

「先程《さきほど》の攻撃で一体仕留めたようです。後二体です」

ヒカリンとミクの攻撃で一体倒したみたいだ。地中に埋《う》まっているとはいえ、地上の部分に対する炎の攻撃で地中の本体までダメージが通るらしい。

やはり炎が特効の様だ。これならいける。残りの二体も早く仕留めたいが姿が見えない以上油断は出来ない。

「俺とベルリア以外は下がって」

すぐにでも飛びのくことが出来る様に神経を張り詰《つ》める。

「マイロード今です！」

ベルリアの声に前方にダイブしてその場を離《はな》れるが足下だけでなく、飛び込んだ前方からも、木の根が襲ってくる。

完全に狙い撃《う》ちにされているが、焦《あせ》りながらも前方に右手に持つバルザードを振《ふ》るって絡《から》みついて来るのを避ける。

「前方は私にまかせて」

ミクが『スピットファイア』を連射して前方の木の根を燃やすのとほぼ同時に先程の足下にはヒカリンが『ファイアボルト』で攻撃をかける。

K-12のメンバーも一緒に探索を始めてからそれなりに時間が経過しているので、連携《れんけい》も当初に比べてかなり熟達してきた感がある。戦闘《せんとう》中ではあるがスムーズな連携に感心してしまうのと同時にパーティを実感出来て密《ひそ》かに嬉《うれ》しかった。

それぞれの攻撃により地上部分は燃えて消えてしまったが、先程と違い地中部分迄《まで》燃え上がった感じは薄い。

別々に攻撃したのでは少し火力が足りないのかもしれない。

「二人ともまだまだな。本当の炎を見せてやるぞ、しっかり見てろよ。『破滅《はめつ》の獄炎《ごくえん》』」

ルシェが足下に向けて『獄炎』を放つと、土が焦《こ》げて地表がめくれ上がり地下にいたであろうモンスターも炭と化して消え去ってしまった。

「木が炎に勝てるわけがないんだ！　どうだ海斗すごいだろ」

「あ〜、確かにすごいよ。すごいです」

「そうか、わたしの凄《すご》さがわかったならいいけどな」

「さすがルシェ様です」

「私達とは威力《いりょく》が違いますね」

「ふふふっ」

とにかく後一体を倒す必要がある。

「ベルリア、まだか？」

「まだ特に何も感じません」

どうせ俺を狙うなら早く来い。

そう思いながら敵を待ち受けていると、後方から音が聞こえてきたので、慌《あわ》てて振り向くとあいりさんが空中に舞っていた。

俺の不器用なジャンプとは違い文字通り空中で華麗《かれい》に舞っていた。

敵も俺ばかり狙うワンパターンから学習したのか、あいりさんを狙ったらしいが、あいりさんが華麗に空中に避けた所をミクとヒカリンそしてルシェが一斉攻撃《いっせいこうげき》をしかけた。

強烈《きょうれつ》な炎に包まれて一瞬にして地上と地中の敵が消滅してしまった。

敵にとっては俺を狙うよりも悪手だった様だ。

どうせパターンを変えるなら戦力分析《ぶんせき》をしっかりした方がよかったと思うが、木の根にそれは望みすぎというものかもしれない。

それにしてもあいりさんの避け方《かた》が華麗すぎる。どうすればあんな風に華麗に避けることができるのだろうか？　俺も訓練したらあんな風になれるのだろうか？

マントをはためかして華麗にジャンプして避ける俺。考えるだけでカッコいい！　今後のベルリアとの特訓にジャンプしながらの避け方も入れてもらおうかな。

「あいりさん大丈夫ですか？」

「ああ、問題無い」

「よく避けることが出来ましたね」

「何となく気配がして足下がおかしかったからな」

流石《さすが》はあいりさんだ。俺はベルリアの助けなしには同じ事は出来ないが、子供の時からの修練の成せる技なのか、それとも才能の成せる技か。

「それじゃあ、先に進みましょうか」

「海斗〜。腹減った〜」

「ああ、分かってるよ」

ルシェ達にスライムの魔核《まかく》を渡してから先に進むことにしたが、一つ疑問が湧《わ》く。今回の戦闘で俺は、ほぼ囮《おとり》役だったが経験値ってちゃんと入ってきているのだろうか？

俺としては避けるだけでも、神経をすり減らしてしっかりと戦闘に加わっているつもりだが、明確な仕組みがよく分からないダンジョンの経験値システムの中で俺はどの程度戦った扱《あつか》いになっているのだろうか。

少しだけ不安になってしまったが、これまでもレベルはそれなりに上がっているので多分大丈夫《だいじょうぶ》だと思いたい。

「ミク、木のモンスターといえばトレントだよな。葉っぱとか木の根のモンスターもトレントなのかな」

「たぶんそうじゃない？　大きな括《くく》りでトレントだと思う。もしかしたら分類でグラストレントとかそんな名前があるのかもね」

「グラストレントか……。聞いた事ないし、なんか落としたら割れそうだな」

「例えよ例え！」

まあ、これまでの敵を見てもこの階層は植物系モンスター中心なのは間違いない。

心配した精神系の攻撃《こうげき》もあれから食らっていないので心配しすぎたかもしれない。気にしても仕方がないのでどんどん進む事にする。

ダンジョンはかなり入り組んでいるので、この階層まで来ると他の探索者と出食わす事はほとんどない。

戦闘のたびに思う事だが、サーバントのいない他の探索者はどうやって敵モンスターに対処しているのだろうか？　真司と隼人《はやと》を見ているとダンジョンに適応して独自進化している様な気がするので、そういうダンジョンに適応出来た探索者だけが残っていってるのかもしれない。

「それにしてもこの階層はそれ程暑くもないし過ごしやすいよな」

「そうですね。汗《あせ》もそれほどかかないしいい感じなのです」

「ヒカリンって休みの日は家族と過ごしたりゲームしたりしてるんだっけ」

「そうです。家族とお買い物する事が多いのです」

「家族と買い物か。俺は普段《ふだん》ダンジョンに潜《もぐ》っているせいもあるけど中学生になったぐらいから親とは買い物に行かなくなったなあ」

「男の子はそうなのかもしれませんね。でも家族と一緒も楽しいのですよ」

「そういうものかな」

「海斗さん、家族とは余り仲が良くないのですか？」

「いや普通《ふつう》だと思うけど、父親とはほとんど話さないな〜」

「きっとお父さんも寂《さび》しがっているのです」

話をしていると年下のヒカリンの方が俺よりも大人な気がする。見かけはともかく女の子の方が精神年齢《ねんれい》が高いのかもしれない。

歩いているとそこら中に雑草が生えているので、通り過ぎる度に一瞬《いっしゅん》草トレントではないかと身構えてしまうがシルが何も言ってこないのでどんどん進んでいく。

しばらく進むと若干《じゃっかん》だが景色が変わってきた。今まで完全に足下は土だったのが、芝生《しばふ》の様な草が生えている部分が増えて来て緑色の色彩《しきさい》が強くなってきている。

そして驚《おどろ》いた事にここには虫や鳥がいる。

「シル、あれってモンスターなのか？」

「いえ、モンスターではなく普通の生物のようです」

今までダンジョンにはモンスター以外の生物は居ないのかと思っていたが、このエリアには普通に生物がいる。

また一つダンジョンの不思議を目《ま》の当たりにした気分だ。

「シルとルシエってモンスターじゃなくて普通の虫って大丈夫なのか？」

「種類によります」

「お前馬鹿じゃないのか」

二人からは厳しい返事が返ってきたので、恐《おそ》らくダメなのだろう。

モンスターさえいなければこのあたりは絶好のお散歩コースのようだ。

地上ではお散歩できる様な所も減って来ているので、有効活用できないものかとふと考えがよぎったが、これも探索者の特権だな。

パーティメンバーで気分良くお散歩コースを進んでいるとシルがモンスターの出現を告げる。

「ご主人様、モンスターです。どうやら今度は一体だけのようです」

一体だけとは珍《めずら》しいな。スライムとゴブリンは単体で出る事が多いが、この階層で単体は初めてだ。

「みんな一体だから問題無いとは思うけど、確認《かくにん》できるまでは注意しながら進もうか」

初め全く気がつかなかったが、五十メートルほど進んだ所で、それが間違《まちが》いで、俺達が最初から敵モンスターを目視していた事に気がついた。

進んだ先にいたのは五十メートルほど前からずっと見えていた目印の様な大きな木で、その木の幹にはしっかりと目と口が付いていた。

確かにこれも木のモンスターなのでトレントなのだろう。

草から大木までトレントと呼ばれるモンスターは、本当に幅広《はばひろ》い種族の集まりなのかもしれない。

目の前のトレントは以前戦った恐竜《きょうりゅう》と比べると細長い木なので質量は少ないが、それでもかなりの大きさだ。まさにジャイアントトレントとでも呼ぶべき存在だ。

近づく迄ほとんど動きを見せなかったので、大きい分動きは鈍《にぶ》いのかと思ったが甘《あま》かった。

象の一歩がアリの百歩に勝るのと同じようにジャイアントトレントの一撃《いちげき》は、俺達の動きを凌駕《りょうが》する程《ほど》のスピードを持っていた。

枝を腕《うで》や足のように使い大振《おおぶ》りにフルスイングしてくる。枝といえども数メートルあるのでかなり危険だ。

ベルリアも俺も咄嗟《とっさ》に剣で受けようとしていたが、あまりの迫力《はくりょく》に剣がただでは済まないと判断したようで、トレントの攻撃に対してはとにかく避けるように立ち回っている。

「ミク、ヒカリン、隙《すき》をみて炎で攻撃だ！」

大きくても木のトレントには違いないので、他のトレント同様に炎に弱いはずだ。

問題は、この大きさなのでどれほどの効果があるかだがやってみないと分からない。

俺とベルリアが注意を引いているうちにミクが『スピットファイア』を連射。ヒカリンも『ファイアボルト』を撃ち込《こ》んだ。

どちらの攻撃も、ジャイアントトレントの体躯《たいく》を燃え上がらせてダメージを与《あた》える事は出来たが、その範囲《はんい》は限定的だった。特にミクの『スピットファイア』による小型の火球では効果範囲が狭《せま》過ぎる。

「二人共そのまま攻撃を続けて！」

二人の攻撃の感じを見ると恐らくルシェなら一撃で倒《たお》せる。

ただこの階層に来てからルシェに頼《たよ》る回数が増えて来ているので、残りのメンバーで出来るだけなんとかしたい。

残念ながらジャイアントトレント相手ではスナッチは戦力にはなり得ないので、俺とベルリアでジャイアントトレントの幹を断《た》ち切るしかない。

「ベルリア、俺とお前で倒すぞ！」

「はい。おまかせ下さい。問題ありません」

ベルリアの問題ありませんは、普段余り信用ならないが、今回はあてにしたい。

俺はトレントの攻撃を避けながらバルザードの斬撃を飛ばしてトレントの幹に向かってダメージを与えようと試みたが、枝の部分に遮《さえぎ》られて本体迄はダメージが通らない。

「ベルリア連携して攻撃するぞ！　俺の攻撃進路の枝を先に切り落としてくれ」

「まかせてください」

ベルリアが二刀を構えて突撃《とつげき》をかける。

トレントが枝でこちらの攻撃を阻害《そがい》してくるが、ベルリアは最小限の動きで避けながら、なぎ払い前進していく。

流石の動きだが、おかげで前方の視界が開けたのでバルザードの斬撃を飛ばす。

ベルリアのおかげで今度は斬撃が幹まで到達《とうたつ》して大きく幹を傷つける事に成功した。

これなら同じ箇所《かしょ》に何発か放てばいける。

そう思い、追撃《ついげき》をかけようと思った瞬間《しゅんかん》、変化が起きた。

「どういうことだ？　傷が治ってる？」

俺が先程バルザードの斬撃で与えたはずの傷が、幹から綺麗に消えていた。

なんでだ？　まさかこいつの能力か。物理的な攻撃ばかりだったので、てっきり魔法《まほう》は使えないのだと思い込んでいたが、どうやら回復系のスキルを持っていたらしい。

「ベルリア、俺だけの攻撃だと倒せそうにない。お前の力も貸してくれ」

「マイロードもちろんです」

再度態勢を整えてから、ベルリアが突っ込む。

それに連動して俺もベルリアの後方から突っ込むが、トレントの攻撃は全《すべ》てベルリアがなぎ払ってくれている。

先程と同じように前方が開けたところでバルザードの斬撃を飛ばしてダメージを与える。

それと同時にベルリアがジャイアントトレントの至近距離まで飛び込んで俺がダメージ

を与えた所に『アクセルブースト』を使い斬《き》り込む。

かなり深い所迄傷を負わせたのが分かったが、未《いま》だ完全に倒しきるには至っていないので、そのまま俺も踏《ふ》み込んでバルザードに切断のイメージをのせて、木の幹を一気に倒しきる。

『ズドーン！』

大きな音と共にトレントが倒壊《とうかい》し、しばらくするとそのまま消失した。

俺とベルリアの三連撃でようやくジャイアントトレントを倒す事に成功したが、大きいだけあって、かなり手強《てごわ》かった。それとやはり剣は木を切るのにはあまり向いていない。斧《おの》かチェーンソーが有ればもっと楽に倒せたかもしれないが、敵に合わせて武器を変えるわけにもいかないので、これからも俺達は剣で頑張るしかない。

ジャイアントトレントの消失した跡《あと》にはいつものように魔核が残されている。

通常のトレントの数十倍の質量がありそうなトレントだが、いつもの如く質量無視のダンジョンの法則にのっとって、魔核の大きさは、他のトレントとほぼ一緒だった。

あれだけ大きさが違うのに残された魔核の大きさは、ほぼ同じ。

「理不尽《りふじん》なのです」

「ああ、本当だな」

ハチドリの時などは逆パターンもあったので文句はないが、かなり不満は残る。

「今日は、初見の敵ばっかりで結構頑張ってるから、この後は少しゆっくりしたペースで進もうか」

「わかったのです」

ここまで探索を進めてきたが、これまでの戦闘で俺自身が結構消耗《しょうもう》していると感じるので、メンバーにペースダウンを申し出た。

やはり初見の相手を攻略《こうりゃく》して行くのは神経と体力が普段よりも削《けず》られていく。いざという時に反応が鈍ると不味《まず》いので休憩《きゅうけい》を挟《はさ》みながら進む事にする。

「海斗、ちょっといいだろうか」

「はい、なんですか？」

「この階層に入ってから私は殆《ほとん》どみんなの役に立てていないんだ。どうにか役に立ちたいんだがどうすればいいだろうか」

「そんな事ないと思いますが、得手不得手がありますからね。物理的攻撃ならあいりさんが有利ですし」

「それはそうかもしれないが、この階層のトレント相手だと私の攻撃で有効と思える攻撃が思いつかないんだ」

「そうですね～。俺《おれ》も魔剣《まけん》とかがないと全く役に立てそうにないですからね。あいりさんの気持ちは良くわかります」

「これでも私は前衛のつもりだから、前に立って戦えないのは辛いんだ」

「あまり、おすすめは出来ないんですけど、俺と同じようなやり方ならいけるかも知れません」

あいりさんの腕前《うでまえ》が凄いのはわかっているが、やはり女性なのであまり怪我《けが》をして欲《ほ》しくはない。顔に傷でも残ったら大変なので余りこのやり方はおすすめできないが、あいりさんの気持ちも分かる。

「俺の場合、遠距離《えんきょり》はバルザードの斬撃を飛ばすのがメインなんですけど、それでも効果が薄《うす》い場合は近距離まで近づいてから放っているんです。近づけばそれだけ精度と威力が増します。ただ敵に近づく必要があるので、危険は増すし、精神力も削られますが」

「そうか、私の場合至近距離からの『アイアンボール』か」

「あいりさんの場合『アイアンボール』と薙刀《なぎなた》での斬撃を同時にでもいけるんじゃないですかね」

「同時か。今まで遠距離は『アイアンボール』と魔核銃《まかくじゅう》、近距離は薙刀で使い分けしてたからな」

「流石に大型のトレントには難しいかもしれませんが、他のトレントならそれで十分倒せると思います」

「そうか。やはり海斗に相談して正解だったよ。そんな感じに見えて海斗も色々考えて努力してるんだな。私も海斗を見習って努力しないといけないな」

そんな感じってどんな感じだ？　あいりさんなりに褒《ほ》めてくれているような気もするが、さらっと失礼な事を言われた気もする。

都合よく解釈《かいしゃく》すると見た目よりは頑張っているという事だろう。見た目と中身が違《ちが》うのは所謂《いわゆる》ギャップ萌《も》えだ。きっと良いことに違いない。

「いきなり戦闘スタイルを変えると危ないんで、少しずつやってみましょうか」

「ああ、そうさせてもらうよ」

それにしても、あいりさんはいつも飄々《ひょうひょう》としたイメージがあったので、まさかこんな風に悩《なや》んでいるとは思いもしなかった。

もしかしたら他のメンバーも同様に悩みを抱《かか》えているのかもしれない。

俺では余り彼女達《かのじょたち》の力になれる事はないと思うが、一応パーティリーダーなのでメンバーのフォローは俺の役目だろう。振り返って見ても今まで彼女達のメンタルのフォローが足りなかったかも知れない。自分の事で精一杯《せいいっぱい》でメンバーのメンタルの事にまで気が回っていなかったと思う。

正直俺には難易度が高いがこれからは、出来るだけそういった部分も気にかけていこう。

気持ちを新たにしてペースを抑《おさ》えながら十三階層を進んでいく。

「ミクさん、ちょっと良いですか？」

「ヒカリンどうしたの？」

「それが海斗さんがおかしいのです」

「海斗がどうかしたの？」

「それが急に何か悩み事《ごと》は無いかとか、なんでも俺に相談してくれとか、色々言って来たんです。おかしいと思いませんか？」

「そういえば、さっき私にも同じようなこと言ってきたわ。確かに変ね。おかしくなったのかしら」

「海斗さんってそういう感じの人じゃないですよね」

「そうね。マイペースだし女心には疎《うと》い感じだしね。急にどうしたのかしら。もしかして精神的に不安定にでもなってるのかしら」

「私も急に変な事を言い出したので心配になってしまったのです」

「そうね。今度海斗の悩みを聞いてみようか」

「そうですね。思ったよりも疲《つか》れてるのかもしれませんね」

後ろで二人がこそこそ話をしているが、やはり二人共悩みがあるのかもしれない。

すぐには言い出しにくいのかもしれないので、また時々声をかけてみようと思う。

「ご主人様、敵モンスター三体です。動きが余りないのでトレントだと思います」

「それじゃあ、俺とベルリアとあいりさんが前に立って、残りのメンバーは後ろでいってみよう」

ゆっくりと進んでいくと、今度は三体の普通？　のトレントがいた。

「それじゃあいきますよ」

俺とベルリアはトレントに近づく為《ため》にいつものように駆《か》け出したが、あいりさんもすぐ横を駆けてくる。

「あいりさん、注意してください！」

残念ながら俺の能力ではあいりさんのフォローまでは手が回らない。

目の前から木の杭《くい》が飛んできたので大きく回避《かいひ》するが、避けた側から次々に飛んでくる。

ご丁寧《ていねい》に先が尖《とが》っているので、向かって来る杭に対して恐怖《きょうふ》を覚えるが、止まる訳にはいかない。恐怖を抑え込んでそのまま突《つ》っ込む。

トレントに迫りバルザードの斬撃を飛ばしてダメージを与えてから更《さら》に踏み込み幹の部分を切断のイメージで一気に斬り倒す。

横に目をやると、あいりさんがトレントに向け至近距離《しきんきょり》から『アイアンボール』を放っていた。

至近距離から放たれた鉄球は枝を薙《な》ぎ払《はら》い、幹のど真ん中に完全にめり込んでいる。

普通の生物があんな感じになったら完全に絶命していると思うが、あいりさんは更に『斬鉄撃』を使い薙刀を横薙ぎに振るい見事に鉄球が埋まって破損している部分のすぐ下側を一刀両断にしてしまった。

流石はあいりさんだ。俺が口頭で伝えただけの戦術をいきなり完璧《かんぺき》に遂行《すいこう》してしまった。

実戦で『アイアンボール』と薙刀を駆使《くし》してトレントをあっさり葬《ほうむ》り去ってしまった。一体、さっきの悩みは何だったのかと思うような華麗さだ。

そして最後の一体もベルリアが二刀で『アクセルブースト』を使って難なく倒す事に成功していた。

この階層で初めて炎に頼らずトレントを倒す事が出来たので前衛の三人としては、満足感が高い。

「あいりさん、さすがですね。凄いじゃないですか」

「いや、これも海斗のアドバイスのおかげだよ。私の中にさっきの様なやり方の引き出しはなかったんだ。海斗に相談してよかったよ」

「あいりさん……」

あいりさんにお礼を言われて照れ臭《くさ》いと言うよりも単純に嬉しかった。メンバーの助けになれた事が純粋《じゅんすい》に嬉しくて、感極《かんきわ》まってしまった。

「ミクさん、あいりさんと海斗さんが話しているのですけど、海斗さんが涙《なみだ》ぐんでるように見えるのです」

「そうね。確かに目が潤《うる》んで、今にも泣き出しそうね」

「大丈夫なのでしょうか？」

「やっぱり、精神的に不安定なのかもしれないわね。早いうちに相談に乗ってあげた方がいいかもしれないわ」

「そうですよね。海斗さん絶対おかしいのです。私達でフォローしてあげましょうね」

後方ではミクとヒカリンがまた何やらこそこそ話している様だったが、感極まった俺には全く気にならなかった。

その後も数体のトレントをしとめ探索を切り上げることにするが、あいりさんの悩みも解決して今日の探索は充実《じゅうじつ》していたな。

十階層へと戻《もど》り、いつものようにベルリアと一緒《いっしょ》にシャワーを浴びる。

「マイロードいつもと匂《にお》いが違うようですが」

「ああ、ベルリアにもわかるのか。今日は俺の母親が買ってきてくれたシャンプーとボディソープのお風呂《ふろ》セットを持ってきたんだ」

「何かいつもより良い匂いがしますね。花の香《かお》りでしょうか？」

「一応ローズの香りって書いてあるな」

「ローズの香り良いですね。それにいつもより髪《かみ》も身体もしっとりしている気がします」

「それはよかったな。そういえば魔界《まかい》にもローズってあるのか？」

「私は詳《くわ》しくないですが色んな種類がありますよ。でもこれ程芳《ほどかぐわ》しくはないですね」

母親が買ってくれたお風呂セットはベルリアに大好評だったので良かった。

魔界の薔薇《ばら》ってなんかデスローズって感じで死の香りをイメージしてしまうが、花の種類もいっぱいあると言っているから案外俺達のいる所の薔薇と変わらないのかもしれない。

「そういえば前に魔界の事を聞いたけど、ベルリアって魔界では強い方なのか？」

「一応士爵《ししゃく》ですから」

「強いんだな」

「士爵ですから」

よくわからないが、今の幼児化したベルリアがそこまで強い部類に入るとも思えない。

仮に今度また悪魔《あくま》と戦う事になったらシルとルシェに頼らないと仕方がないな。

シャワーを終えて外に出ると他のメンバーも既《すで》に出てきていた。

「海斗、もしかしてシャンプー変えたの？」

「えっ？　よく分かるな。今日は母親が買ってくれたのを持ってきたんだよ」

「それでなのね。良い匂いだと思うわ」

そんなにシャンプーとかボディソープの匂いって違う物なのか。今まで特にこだわった事はなかったので意識してなかったが、変えた途端《とたん》に反応があるということはかなり違うのだろう。

もしかして今まで俺って臭かったのか？　いや多分大丈夫だよな……。

「ミクは何か特別なシャンプーとか使ってるのか？」

「特別って事はないけど、家で使ってるフランス製の物を使ってるわ。ダンジョンで結構髪が傷《いた》んじゃうから」

さすがは女の子だ。もしかしたら他の二人も同じように、シャンプーにもこだわっているのかもしれない。

「ミクってフランスとか行ったことあるの？」

「家族旅行で結構いろいろ行ってるからね。海斗はどうなのよ」

「俺は中学生の時に家族で旅行に行ったっきり何処《どこ》にも一緒には行ってないな。もちろん外国は行った事がないよ。俺パスポート持ってないし」

「海斗も探索者で結構稼《かせ》いでるんだから今度家族を旅行にでも連れて行ってあげたら？」

「あ〜そういうのも有りかな〜。考えた事なかったけど、あんまり父親と喋《しゃべ》る事ないから行っても気まずい気もするんだよな」

「絶対ご両親喜んでくれると思うけどな〜。一緒に行けるのなんて今だけかもしれないでしょ」

「そんなものかな」

「そんなものよ」

流石は女の子、いやミクだからなのか、俺の思いもつかない事を提案してくれたが、言われてみると悪くない気がする。

今の俺があるのも両親のおかげなのは間違いないし、好きに探索者させてもらっているのも両親のおかげだ。

この前、レンタルボックスを借りる時にも未成年者なので親のサインと判子が必要だったが、お願いしたら、特に何も言わずにやってくれた。

その時に母親には王華《おうか》学院を受験する事を伝えたが、賛成もしてくれた。もちろん学費は全部俺が出す事を伝えたからかもしれないが、それでも他の一般的《いっぱんてき》な親よりも好きにさせてくれている気がする。

せっかくの機会なので家に着いてから母親にそれとなく聞いてみる。

「母さん、どこか行きたいところとかないの？」

「急にどうしたの。スーパーならもう行ったわよ」

「いや、そういうんじゃなくて旅行とかだよ」

「そうね～。やっぱり行ってみたいのはイタリアかしら」

「ごめん、もうちょっと近いところでどこかないの？」

「そうね～。それじゃあハワイとか？」

「ごめん。国内で行きたいところない？」

「国内だと温泉かな～」

ミクに勧《すす》められるまま母親に行きたいところを聞いてみたが、イタリアと言われた時には反応に困ってしまった。ハワイも家族で行くのはパスポートを持っていない俺にはハードルが高い。

俺がお金を出すからと家族旅行に誘《さそ》うと二つ返事で、母親がその場で温泉地を調べ始め隣県《りんけん》の温泉地が候補に決まった。

「え～海斗がお金を出してくれるの？　なんて孝行息子《むすこ》なのかしら。お父さん泣いて喜ぶと思うわ」

父親が泣いて喜ぶ様は全く想像できないが、とりあえず母親が喜んでくれているようなのでよかった。

「やっぱり探索者《たんさく》って儲《もう》かるのね。持つべきものは探索者の息子ね」

夜、父親の了承《りようしよう》を得てからスマホで調べて温泉旅館を一泊二食付きで三名予約をした。

初めて自分で旅館の予約を行ったのでちょっと緊張《きんちよう》してしまったが、スマホだけで予約することが出来たので思ったよりも簡単だった。


週末になり父親の運転で温泉宿まで向かう事にした。俺はいつも通りの格好だったが父親も母親も他所《よそ》行きの格好でかなり張り切っているようだった。

二時間程のドライブで目的の温泉宿についたが、ホテルダンジョンシティとは全く違い、和風の良い感じの旅館だ。

「海斗～。本当にここを予約したの？　お母さん、今日お金あんまり持ってきてないわよ。本当に大丈夫なの？」

「大丈夫だって。予約の時にしっかり料金も確認しといたから」

「そう、それなら安心ね。お母さん、まさかこんなに立派な所だと思ってなかったわ」

中に入り部屋に案内されると、純和風の客室でかなり広い。

「海斗、お前この部屋高かっただろう」

「あ〜、まあ安くはないけど、大丈夫だって。日頃《ひごろ》のお礼だよ、お礼」

「………」

父親が無言になってしまった。ちょっと良い部屋を取りすぎて心配させてしまったらしいが、初めての事なので程度が分からずに奮発してしまった。

その後、俺は部屋で過ごし、両親は旅館の周囲を散策したりして時間を過ごしたが、しばらくして食事の時間を迎《むか》えた。

「海斗〜。美味《おい》しいわ〜。蟹《かに》よ蟹。しかも何この綺麗《きれい》な料理。写真よ写真！」

出てきた懐石《かいせき》料理に母親のテンションが上がりっぱなしだ。

「父さん、どう？」

「うん。うまいな……」

「ビール飲む？」

「ああ」

会話が続かない……。

別に父親の事が嫌《きら》いな訳ではないが高校生になってからまともに話したことがない。

頑張《がんば》って話しかけてみるが、短い返事が返ってくるだけで全く会話が続かない。

「お父さん、おいしいわね～。海斗にこんなところ連れて来てもらえるなんて夢みたいね」

「ああ、そうだな」

「海斗、お父さんも本当に喜んでるわよ」

「そう……」

本当に喜んでいるのか？　父親の言葉と表情からは読み取れない。

「海斗、それ食べないの？　お母さんそれ好きなんだけど」

「ああ、よかったら食べてよ」

「ああ～。幸せ～。こんなにおいしい料理を食べさせてもらえるなんて海斗を産んでよかったわ～」

料理と俺が同格の様な言い方に引っかかりを覚えるが、これだけ喜んでもらえて俺も連れて来た甲斐《かい》があったというものだ。

思っていた以上にボリュームがありデザートまで食べるとお腹《なか》が一杯《いっぱい》になってしまった。

これからどうしようか、テレビでもみようかな。

「海斗、一緒に温泉行ってみるか」

「あ、ああいいよ」

突然《とつぜん》父親が誘ってきたので少し驚いたが、断る理由もないし一緒に温泉に入る事になった。

風呂《ふろ》場《ば》に着くと大きめの内風呂《うちぶろ》と露天《ろてん》風呂まであり、さすがは温泉旅館という感じだ。

内風呂に入ってから少し肌寒《はださむ》いが、折角《せっかく》なので露天風呂に駆け込んだ。

「ふ〜っ。は〜」

顔は冷たいが、その代わり余計に体があったまる感じがして気持ちがいい。

しばらくすると父親も露天風呂にやって来た。

「海斗、いい旅館だな」

「そうだね」

「お金は大丈夫か？　足りなかったら父さんが出すぞ」

「だから大丈夫だって」

「本当だな」

「ああ、これでも探索者になって結構稼いでるんだよ」

「そうか」

やはりお金の心配をかけていたらしい。まあ俺が稼いでるようにはあんまり見えないかもな。

「ありがとうな」

「う、うん、まあいつものお礼だから」

俺は突然の父さんからのお礼に面食《めんく》らってしまった。

「そういえばお前、王華学院受けるんだってな」

「そのつもりだけど」

「受かりそうなのか？」

「今のまま頑張ればなんとかなると思うけど」

「母さんに学費は自分で出すと言ったそうだな」

「だから結構探索者として稼いでるから学費ぐらい大丈夫なんだって」

「そうか。まあ足りなかったら言ってこいよ。俺も普通に稼いでるからな」

「大丈夫だって」

やはり、お金の心配をしてくれているようだ。

「お前、探索者になってから三年近く経《た》つけど、ずっと上手《うま》くいってる感じじゃなかっただろう」

「最初は上手くいかなかったけど、最近調子が出てきたんだ」

「まあ、三年近く辞《や》めずに続けてるだけでも感心はしてたんだが。危なくないのか？」

「ちょっとは危ない事もあるけど、楽しいし大丈夫だよ」

「将来、探索者で食っていくつもりか？」

「出来たらそのつもりだけど」

「そうか。まあ大学だけはちゃんと卒業しろよ。いざという時役に立つかもしれないからな」

「わかってるよ」

急に真面目《まじめ》な話になったが、どうやら父親は探索者に反対ではないらしいのでちょっとほっとした。これで、大学に行きながら探索者を続けても文句を言われる事はなさそうだ。

「そういえば、お前、彼女《かのじょ》とかいるのか？」

「は、はぃっ？」

「母さんがお前に彼女がいるらしいと言っていたから、少し気になってな」

「いや、そんなのいないけど」

「照れなくてもいいんだぞ。俺も高校の頃《ころ》に初めての彼女ができてな」

「そうなんだ」

「だから恥《は》ずかしがることはないぞ」

「いや、本当にいないから」

「そうか、母さんの勘違《かんちが》いか。お前が普段しないお洒落《しゃれ》な格好をしたり、恋愛《れんあい》映画のパンフレットを持って帰ってきたりしていたから、絶対彼女とデートだって言ってたんだが」

「なっ……」

母さん、何を父さんに教えてるんだ。それに格好や映画のパンフレット、なんでそんな事まで見てるんだよ。

俺も少し春香とお買い物で浮《う》かれていたのかもしれない。まさか母さんがそんなところまで見ているとは思いもしなかった。

最近になって彼女がいるのかと聞かれたが、実はかなり前から疑っていたという事か。

だが母さん、残念ながら違うんだ。できればそうだと答えたい所だが、彼女じゃないんだ。

春香は俺の思い人には違いないが彼女ではないんだ。

「それは、友達と行ったんだ」

「友達か。女の子か」

「そんなのどっちでもいいだろ」

「そうか。女の子か。まあ頑張れよ」

なんで旅行先の露天風呂で父親と恋話《こいばな》をしなくちゃいけないんだ。気まずすぎる。

しかもビールを飲んだせいか普段《ふだん》あまり喋らないのに、急にいっぱい喋りかけてきた。

「それじゃあ、俺は先に出るから」

その場から逃《に》げ出す様に父親を残して、先に部屋に戻る事にしたが、戻ると母親が部屋でテレビを観《み》ていた。

「お父さんは？」

「まだ温泉に入ってるよ」

「そう、まあお茶でも飲みなさいよ」

「ありがとう」

母親がお茶を用意してくれたので座《すわ》って飲むことにする。

「そう。そういえば海斗、彼女と上手くいってるの？」

「いや、だから彼女じゃないんだって言ってるだろ」

「春香ちゃんでしょ」

「ブッ。あちっ！　なっ……なっ、なにを……」

「小学校で一緒だった春香ちゃんでしょ。綺麗になったわね～」

「……なんで母さんが春香の事を……」

「あら～海斗、春香って呼んでるのね」

「うっ……なっ、なにを言ってるんだよ。そもそも違うし」

「なにが違うのよ」

「春香は彼女じゃない」

「誤魔化《ごまか》さなくてもいいのよ。だってあんなに仲良くデートしてたじゃない」

「ど、ど、どこで？　どこで見たんだよ」

「それはショッピングモールとか、初詣《はつもうで》とか？」

「母さん、もしかして俺の事つけてたのか？」

「そんな訳ないでしょ。私だって買い物とかするんだから見かける事もあるわよ。最初見た時はびっくりしたけど、女の子を見たら子供の頃の面影《おもかげ》あるじゃない。あ～春香ちゃんだと思って」

「…………」

「海斗やるじゃない。春香ちゃん射止めるなんて。お母さん見直しちゃった。この前、偶《ぐう》然《ぜん》春香ちゃんのお母さんにも会ったのよ」

「そんな偶然あるのかよ」

「息子がお世話になってますってちゃんと挨拶《あいさつ》しといたわよ」

「なっ……」

「春香ちゃんのお母さんも、海斗が春香ちゃんの写真を一杯撮《いっぱいと》ってくれたんだって喜んでたわよ」

「ま、ま……」

全身の血液が一気に沸騰《ふっとう》する。

母さん一体どこまで知ってるんだ。俺の行動は全部バレてるのか？　しかも春香のお母さんにまで話が通ってるのか？　俺の撮《と》った写真は春香が見せたんだろうが、女の子ってそんなものなのか？　親に写真とか見せるのか？　そもそも俺の事はどう伝わってるんだ？　まさか娘《むすめ》を激写する変態だとか思ってないよな。

落ち着け。落ち着け俺。

「か、母さん、本当に春香とはそんなんじゃないんだ。買い物友達なんだよ」

「買い物友達って、写真も撮ったんでしょ」

「それはそうだけど、とにかく買い物友達なんだよ」

「まあ、海斗がそういうならそういう事にしとくけど、春香ちゃん可愛《かわい》いから人気あると思うわよ」

「そ、そ、そんな事は言われなくても知ってるって」

「そう。分かってるならいいけど。頑張ってね」

母親にどこまで見透《みす》かされているのかわからないが、応援《おうえん》されると変な感じだ。

「ああ～いい風呂だったな。母さんも一杯飲むか」

「そうね。せっかくだし頂こうかしら」

父親が部屋へと戻ってくると二人でお酒を飲み始めてしまった。

もちろん話題は俺と春香の事だ。

「あのかわいかった春香ちゃんがな～。今思い起こせば昔から海斗と仲良くしてくれてた気がするな」

「海斗にはもったいないわね。月とスッポン。美女と野獣《やじゅう》？　海斗は野獣じゃないわね。チワワかしら。いえ、それだとかわいい感じになっちゃうわね」

「信じられんが、探索者で成功しているようだから春香ちゃんのような子が嫁《よめ》にきてくれたら将来安泰《あんたい》だな」

隣《となり》で両親が酒の肴《さかな》に俺の恋愛ネタで盛り上がっている。恥ずかしすぎる。これはいったい何の拷問《ごうもん》。これが世にいう羞恥《しゅうち》プレイというやつか。

モンスターの精神攻撃《こうげき》にも耐《た》えた俺だが、精神力のゲージがゴリゴリと音を立ててすり減ってしまいもうフラフラだ。

その後も俺のネタが続き、父親が酔《よ》いつぶれてようやくお開きとなった。

「海斗、今日はありがとうね」

「なんだよ急に」

「お父さんがこんなに飲むのは久しぶりよ。よっぽど今日の事が嬉《うれ》しかったのね」

「そうなんだ」

「だからありがとうね」

「うん」

翌朝も美味しいご飯を食べてから父親の運転で家に帰ったが、支払《しはら》いは一泊二食付き三名で六万九千円だった。

高校生にとってはかなりの高額出費となってしまったが、両親共に満足顔だったので良かったと思う。久しぶりの家族旅行となったが喜んでくれてよかった。

父親とも話せたし、また今度どこかに誘ってみようかな。

エピローグ

温泉でリフレッシュした翌日俺は学校にきている。どうでもいいがお肌はスベスベだ。

教室に入ると隼人《はやと》が居たので挨拶をする。

「おう」

「ああ、海斗《かいと》、朝からヘビーだけどな、真司《しんじ》が呼び出されていっちゃったんだ」

「前澤《まえさわ》さんか？」

「前澤さんだ。まあ結構期間が空いたから真司のメンタルも限界だったと思うけど、今日になって急に呼び出されてついていったんだ」

「それで前澤さんの様子は、どうだったんだ？」

「それが、普通《ふつう》だった」

どうやら、ついに真司が告白の返事をもらう事になった様だ。仮にダメだったとしても、蛇《へび》の生殺しの様な今の状態が続くよりはよっぽど建設的になれそうなので良かった。

それにしても前澤さんはどういう意図でここまで返事をしなかったのだろうか？

本当にダメなら即断《そく》ってる気がするので可能性はあるのではないだろうか？

「まあ、朝礼までには帰ってくるだろうから待つしかないな」

「そうだな。海斗。そういえば週末はダンジョンに潜《もぐ》ってたのか？」

「いや、週末は家族旅行に行ってたんだ」

「家族旅行？　珍《めずら》しいな」

「ミクに勧められて、俺がお金を出して家族と温泉旅館に行ってきたんだ」

「へ〜やるな〜。俺も今度親を誘ってみようかな」

朝礼が始まる直前に真司と前澤さんが一緒に戻ってきたものの、すぐに始業してしまったので、どうなったのか確認《かくにん》する事ができなかった。

俺と隼人は一時間目の古文が終わった瞬間《しゅんかん》に真司の所にいって聞いてみた。

「どうだったんだ？」

「ああ、それが友達からお願いしますって」

「それって、断られたってことか？」

「OKとは違う気がするけど、断られたのとも違う気がする」

「そうなのか？　友達でいましょうってことじゃないのか」

「それがそんな感じでもなかったんだよな」

「じゃあ友達から恋人《こいびと》へってやつじゃないのか?」

「そうかな。そうだといいけど、とりあえずフラれなくて良かったよ」

「それでこれからどうするんだよ」

「今日の帰りに二人でカフェに行く事になった」

「おお〜、デートじゃないか」

「いやそれを言ったら海斗も同じ事してただろ」

「ああ、まあ確かに。それじゃあデートじゃないのかも」

「良かったな。あとは俺《おれ》だけか……。お前ら彼女達に頼《たの》んで誰《だれ》か紹介《しょうかい》してくれ。頼むっ!この通りだ!」

「隼人……」

「気持ちは分かるけどな〜。まず好きな人を見つけろよ」

「海斗、馬鹿《ばか》だな。出会った瞬間に恋に落ちるかもしれないだろ」

「もしあの二人から紹介受けるんだったら同じ学校だろうから、もう出会ってると思うぞ」

「それじゃあ、俺知らない間に既に恋に落ちてるのかも」

隼人がいつもの様に馬鹿な事を言っているが、とりあえず真司は前向きな返事をもらえたらしい。真司の表情も先週までと比べると随分《ずいぶん》明るい。

友達からか〜。羨《うらや》ましいな。そのうち、デートを重ねて付き合ったりするんだろうか。

俺は……買い物友達か。同じようなものかな。もしかして俺も前向きな感じなんだろうか？

自分的には、この半年間ぐらいで随分と春香《はるか》との距離《きょり》は縮まった気はするのだが、それが恋に繋《つな》がる様な縮まり方かといえば、そうでもない気がする。

どっちかというと買い物友達としての仲が深まった気がするんだよな。

できる事なら俺としては、すぐにでも恋人にランクアップしたいが、ランクアップの為の条件がわからない。

まさにプライベートでも迷宮《めいきゅう》に迷《まよ》い込《こ》んだ気分だ。

ただプライベートでは残念ながらシルもルシェもベルリアもいないので、完全に丸腰《まるごし》状態となっており、まさにモブ全開だ。

最近ダンジョンでは、努力の甲斐があってモブ感が薄《うす》れてきている様な気もするのだが、プライベートでは相変わらずだ。

これからは、ダンジョン同様に地上でも頑張ってモブ感を薄めていきたい。

ダンジョンでは徐々《じょじょ》に経験を積み重ねアイテムを手に入れてパーティを組んだ事によって、少しだけ自信がついて来たと思う。

地上では既にメンバーは真司と隼人がいるので、経験を積み重ねて、あとはアイテムと自信をつけるべく頑張りたい。そしていつの日か……。

あとがき

モブから始まる探索英雄譚5を読んでくれた読者の皆様本当にありがとうございます。

モブから始まる探索英雄譚は、読者の皆様のおかげで周囲の予想を跳ね返し、ついに5巻まで出版されました。

読者の皆様には本当に感謝しかありません。

1巻スタート時には、頼りなくただのモブに過ぎなかった主人公の海斗も、巻を重ねる毎に読者の皆様と共に徐々に成長してきました。

それはきっと探索者としてのステータスだけではなく、探索や物語の出来事を通して人間として成長する事ができたのではないでしょうか。

今回の5巻は、バトルファンタジー作品にもかかわらず、なぜかバトルシーン少なめで、人との絆をテーマに描いています。

友人である真司や隼人との絆。両親との絆。そして春香との絆。そのどれもが海斗にとってかけがえのない絆です。

今回色々なイベントを経て絆を深めることで、より成長し強くなることができたのではないでしょうか。


先日、作者の学生時代のクラブの先輩が亡くなったと連絡を受けました。

ずっと逢っていませんでしたが、身体が自由にならない中、生きるために長い間病と戦い、家族に想いを残し亡くなったそうです。

責任感が強く釣りやご家族を愛されている方だったので、ご自身で樹木葬を選ばれたと聞いて納得でしたが、ご家族への強い想いがあったからこそ長期間戦うことが出来たのだろうと思います。


今回、真司は葛藤しながらも海斗の助けを借り前澤さんに想いを伝えました。

もし読者の方々にも伝えたい想いがあるなら伝えるのは今しかないかもしれません。

行動するなら今なのかもしれません。

コロナ禍で未だ行動が制限される中、読者の方の中にはなかなか思うように外に出たり、動くことのできない方もいるかもしれません。

そんな時は是非モブからの登場人物となって、無限に広がるこの世界を体感してください。

きっと本に描かれているストーリー以外にも、モブからの中にはあなただけの世界が無限に広がっています。

主人公たちと一緒にファンタジー、そして青春、淡い恋心を追体験してください。

人の想いは、行動することへの力となります。

海斗、隼人、真司の三人の主な原動力は異性への恋心ですが、次巻では、パーティメンバーで大切な仲間の一人であるヒカリンの想いに海斗が応え行動します。より成長した海斗を体験してください。

少し先にはなりますがコミック版モブから始まる探索英雄譚2も予定されているので、お楽しみに。

それではまた読者の皆様とモブから6でお会いできることを楽しみにしています。

樹木葬を選ばれた先輩にも、樹木と一緒にご家族を見守る世界が広がっているといいなと願っています。

海翔

HJ文庫
1033
https://firecross.jp/

モブから始まる探索英雄譚5

2022年10月1日　初版発行

著者——海翔

発行者—松下大介
発行所—株式会社ホビージャパン

〒151-0053
東京都渋谷区代々木2-15-8
電話　03(5304)7604（編集）
03(5304)9112（営業）

印刷所——大日本印刷株式会社

装丁——BELL'S GRAPHICS／株式会社エストール

Printed in Japan

ISBN978-4-7986-2921-6　C0193

ファンレター、作品のご感想
お待ちしております

〒151−0053　東京都渋谷区代々木2−15−8
(株)ホビージャパン HJ文庫編集部 気付
海翔 先生／あるみっく 先生